新美南吉创作艺术论

钟 放 著

知识产权出版社

全国百佳图书出版单位

—北京—

图书在版编目（CIP）数据

新美南吉创作艺术论／钟放著．—北京：知识产权出版社，2021.6
（东北师范大学日本诗歌翻译与研究丛书）
ISBN 978-7-5130-6937-3

Ⅰ．①新…　Ⅱ．①钟…　Ⅲ．①诗歌评论—日本—现代　Ⅳ．① I313.072

中国版本图书馆 CIP 数据核字（2021）第 104428 号

内容提要

本书对新美南吉的诗歌和童话既有宏观的跨文化比较，又有微观的细读式批评，重点分析了新美南吉笔下日本乡村的自然风土和世态百相，透视了其作品中"俳句与叙事散文相融合"的现象。本书还运用了比较的方法，对中日两国的叙事诗和田园诗作了一些理论探讨。

责任编辑：刘晓庆　　　　　　　　　责任印制：孙婷婷

新美南吉创作艺术论
XINMEI NANJI CHUANGZUO YISHU LUN
钟　放　著

出版发行：知识产权出版社有限责任公司	网　　址：http://www.ipph.cn
电　　话：010-82004826	http://www.laichushu.com
社　　址：北京市海淀区气象路 50 号院	邮　　编：100081
责编电话：010-82000860 转 8073	责编邮箱：laichushu@cnipr.com
发行电话：010-82000860 转 8101	发行传真：010-82000893
印　　刷：北京九州迅驰传媒文化有限公司	经　　销：各大网上书店、新华书店及相关专业书店
开　　本：787mm×1000mm　1/32	印　　张：12.625
版　　次：2021 年 6 月第 1 版	印　　次：2021 年 6 月第 1 次印刷
字　　数：150 千字	定　　价：58.00 元
ISBN 978-7-5130-6937-3	

目　录

代　序

日本文学的方法论 与世界坐标

　　我开始阅读新美南吉（1913—1943年）的童话是十几年前的事情了。那时候，家里的小朋友只有四五岁。最初，我甚至不知道新美南吉是一位擅长叙事的诗人，也没有深度关注小学《语文》课本选的他的童话。《螃蟹做生意》和《鹅的生日》都是非常有趣的故事。真正经典的童话老少皆宜，真正经典的诗歌能够超越国界。小朋友在幼儿园参加讲故事比赛，我推荐他讲《鹅的生日》。果真是"选材新颖"，故事主讲人也表现不错，最终获得一等奖。

长春版《语文》（二年级下）有一篇课文《乡村的春天，山里的春天》，表面上不引人注意，但它的作者是新美南吉——一位来自邻国日本的文学天才。他被收入中国小学《语文》课本里的作品数量居然超过了俄国的契诃夫，这让喜欢读契诃夫的我深感震惊。仅从这一点来看，这位近几十年才被重视和高度评价的作家一定是东方文学史上的一位巨星。阅读了更多的新美南吉的童话，我对此坚信不疑。

2016年10月，我开始研究日本诗歌，最初尝试的是翻译西条八十（1892—1970年）和金子美铃（1903—1930年）的作品。

译了一段时间后，觉得西条八十的诗歌虽然感情细腻，但其题材缺乏广度，描写学生生活的太少；金子美铃作为女性作家经受了另外一种苦厄。她的童谣固然成就很高，但是忧伤的情绪太浓，甚至有"哀而伤"的倾向。西条八十和金子美铃的作品在日本诗歌这个学术领域不属于重中之重。

　　我通过阅读，逐渐了解到，童话作品在中国已经颇有影响的新美南吉同时也是一位非常有成就的诗人。既然学了这么多年日语，就应该为中外文化交流做些贡献。从 2017 年元旦开始，我尝试翻译新美南吉的诗歌，最终超过百首。新美南吉是一位已然超越国界和时代的大作家。翻译诗歌后的下一项工作就是将新美南吉的诗与童话联系起来，综合解读，细致分析。最终成果就是眼前这部《新美南吉创作艺术论》。

　　日本在 20 世纪 60 年代末就成为经济大国，那个时候，新美南吉还未引起广泛关注；如今，日本经济的发展速度与质量已经和半个世纪前无法相比。但是，新美南吉这位大作家的作品在尘封几十年之后，终于散发出了巨大而又恒久的影响力，温暖着东亚国家不同年龄读者的心：小朋友在读、在学，老师与家长也在津津有味地看。作为中国学者，无意对日本的文学作品和文学现象发空头议论，但是，基于长时间阅读和积累，我认为对新美南吉这位大作家的研究与解读和一个更重要的学术问题是联系在一起的，即日本文学的世界坐标与方法论。换言之，日本文学在世界文学史上究竟处于何种位置？新美南吉何以被称为"东方安徒生"？他的诗歌与童话价值何在？这样的问题比谁最先评价新美南吉是"东方安徒生"重要千百倍。

翻译并研究新美南吉的作品需要方法。方法论是人文社会科学的重要问题，只有勇于总结方法论，完善方法论，才能不断推陈出新，让学科发展跟上时代。研究日本文学乃至广义的外国文学，可以考虑和运用以下方法与原则。

接受美学的方法

接受美学的理论在 20 世纪 80 年代就传入了中国。

谈起第二次世界大战后的文学理论，读者的感受、读者的主体性长期受到忽视，直至接受美学异军突起。童庆炳的《文学理论要略》（人民文学出版社，1995年）有专章讲述这一理论。对于接受美学在日本的传播与影响，以及如何运用这一理论分析日本文学发展和流变过程中的现象，还需要不断摸索和总结。

从接受美学的角度能够解释一些有趣的现象：在日本国内受欢迎的作家未必在中国有市场；在日本"冷门"的作家作品，跨出国门可能在中国热销。

改革开放初期，日本的电视剧和电影曾经风靡一时。在小说方面，山崎丰子（1924—2013年）、岛崎藤村（1872—1943年）、川端康成（1899—1972年）和芥川龙之介（1892—1927年）等作家的作品被较早介绍到中国。芥川争议较少，且知名度高；川端康成的作品带着诺贝尔奖的桂冠，且《伊豆舞女》和《雪国》当时的确能满足中国很多读者的审美要求；山崎丰子的《浮华世家》、岛崎藤村的《破戒》，还有日本无产阶级文学在总体上非常符合中国的文化环境要求。20世纪90年代以后，村上春树、东野圭吾的作品开始热销。日本一些有争议的作家，如三岛由纪夫、渡边淳一和太宰治等，也开始大量进入中国读者的视野。就热销这一文学现象来说，离开接受美学是无法解释的。虽然1994年大江健三郎获得诺贝尔文学奖，但是大江文学不足以在中国保持持久的热度。

研究日本文学在中国的接受，就要考虑读者群的文化程度、年龄段、性别构成、图书来源和阅读感受等。这些需要对特定群体进行多次问卷调查，并综合分析数据结果。宏观的接受美学，尚可在中国古典美学和文论中溯源，找到片言只语或者相应论述，但选取样本、问卷调查这种方法源于西方，运用时需要慎重。

另一个问题是，有多少中国读者是因为热门而选择购买或者借阅，而不是建立在兴趣和有一定了解的基础上。就个人阅读史来说，对村上春树和东野圭吾的畅销作品，两位作家合在一起我读过的不超过五本，但这不妨碍我在博览各家的基础上对日本文学的流变与传播发表看法。更何况，在中国的流行也不足以说明他们的小说在漫长的日本文学史上的重要性。读者千差万别，读者的感受也千差万别。接受美学方法的最大不足之处是容易以偏概全。

中国读者阅读新美南吉的童话已经有二十余年了，但对其诗歌的接受才刚刚开始。新美南吉的作品经缩写后制作的绘本虽然很能适应"读图时代"的需要，但受教学机制和教育体制的影响，能够自主选择并且完整阅读新美南吉童话的中国未成年读者数量依然有限。

数据统计法

潘富俊在《草木缘情：中国古典文学中的植物世界》（商务印书馆，2016 年）中，对植物在中国古典文学中出现的频率有详细统计，作者制作的表格达几十张。可以说，在中国古代文学研究领域，该书将数据统计法运用到了极致。

外国文学研究中，数据统计法也是有积极意义的。王新禧在《平家物语·译者序》（上海译文出版社，2011 年）中写道：

据统计，全书引用中国诗文典故共 124 处，直接引用原典文句的有 72 处，借用汉文典故的 52 处。引文有确切出典的 108 处，所涉及的古籍范围极广。所涉及的中国历史人物、古圣先贤、文臣武将有七十余人。

　　虽非长篇大论，但已使读者有初步的印象：《平家物语》深受中国古典文学的影响。

　　研究文学作品的用典，数据统计法是非常有效的。但若研究词汇等方面的问题则存在难度：其一，究竟是对外文原著进行统计还是对译文进行统计。外国小说或诗歌一般都有多个译本，即便统计一些简单词汇或者短句的出现频率，也存在难度。重要的日本近代作家，都有卷帙浩繁的"全集"。其二，作详细统计，非有皓首穷经的毅力和时间而不能。通过电子版进行统计不仅需要一定的技术手段，还涉及电子版的版权。其三，所谓数据统计，在西方比较早地应用在历史学中，而计量史学也是有专人负责"计量"或借助新出现的电子计算机。中国的文学研究与文学创作有类似之处，是个性化的创造性的工作。科研团队究竟在多大意义上通过数据统计为文学研究提供助力，尚有待观察和学术史的验证。

　　若单独就一部中短篇小说或者长篇小说的某一部分的语言现象进行统计，也是非常有意义的。我曾经统计过《三国演义》各回回目中出现的对曹操的蔑称，"老瞒"和"奸雄"各出现一次，"阿瞒"出现两次，已经足够说明作者的政治立场和对曹操的看法。

　　在研究中，统计诗人某一时期的或者全部作品某个主题、意象出现的频率，是比较容易实现的。这类统计从诗歌的标题可以得出判断。而且，诗歌文字相对简短，不需要借助电脑就可以进行统计，得出相对准确的数字，也可以说明一定的问题。比如，在《北原白秋全集》中，诗歌不足十卷，借助目录和诗歌内容可以看到：以月亮为主题的童谣超过了五首。北原白秋依据西方民间故事和西方国家的小学课本而创作的童谣的数量也是可以统计的，随后就可以探究这些诗歌占白秋童谣作品总量的比重。

比较研究法

比较研究是老生常谈。中日比较文学是高校很多研究所或相关学院的重要专业。

何谓比较研究呢？简而言之，比较是对大致相同的时代，不同地域、不同国家类似的文化现象、政治现象，分析其异同，以及分析造成差异的原因。如果没有进一步的分析和阐释，只是罗列异同和简单的对比，那么在文学研究领域意义不大。

比较研究的方法在改革开放后很流行，但应该慎重使用。比较的前提是"可比性"。何谓"可比性"，不妨以实例说明：

魏源与佐久间象山；

"东洋道德,西洋艺术"与"中学为体,西学为用"；

张之洞的《劝学篇》与福泽谕吉的《劝学篇》；

赫胥黎《天演论》在中国和日本的接受；

鲁迅的《狂人日记》与果戈理的《狂人日记》。

中国清末的思想家魏源（1794—1857 年）面对民族危机，提出了"师夷长技以制夷"，他虽然积极睁眼看世界，但他还没完全跳脱那个旧的时代，只是刚刚有跳脱旧时代的意识。日本幕末有个思想家叫佐久间象山（1811—1864 年），他提出"东洋道德，西洋艺术"。从生活时代、两个人的思想要解决的问题、思想的局限性来说，两人是有可比性的。论者可以细致考察魏源与佐久间象山思想的差异，然后分析这种差异的原因。

"东洋道德，西洋艺术"并非佐久间象山个人的思想，而是 19 世纪下半期很多日本知识分子的共识。同理，"中学为体，西学为用"也是很多中国知识分子和开明官僚的共识。两者都强调在学习西方文化的同时要固"本"。两者当然有区别，读者可以沿着这条线索进行深入研究。

过于宏观的比较没有学术意义，如《诗经》与《万叶集》。学术课题应具体化，比如《诗经》与《万叶集》中爱情诗的比较、《诗经》与《万叶集》中植物意象的比较等。《红楼梦》与《源氏物语》在宏观上也不能比较，必须找准比较的问题点。比如，贾宝玉与光源氏伤感情绪的比较、《红楼梦》与《源氏物语》中服饰色彩的比较等。

有些研究客体由于时代差距很大，或者产生的背景不同，具体内涵很不一样，不具备学术上的可比性。例如，下述各组对象不宜作比较研究：

　　明治维新与戊戌变法；

　　日本的《和名类聚抄》（百科全书）与中国的《昭明文选》（散文集）；

谷崎润一郎（主要贡献在小说）与欧阳予倩（主要贡献在戏剧）。

近十余年来，随着高校学科建设的发展和外语的普及，文学方向的比较研究也出现了一些新的问题。最明显的是，日文资料丰富而中国文学解读能力不足，严重影响了中日比较文学相关专业科研成果的质量。

现在，中日两国的文化关系和四十年前也发生了很大变化。如果仅仅局限在中日文学之间溯源、同类题材的改编与"再创作"，已经不能适应时代的要求和学术的发展。就比较文学的前景来说，必须突破现有的中日比较的单一框架。研究新美南吉、北原白秋这样曾经以英语为本科专业的作家，更应该注重中国、日本和欧美文学作品的宏观、微观比较。本书将在这方面做些尝试，在分析《正坊与大黑》这篇童话时，引用了中国、欧美小说的资料，谈到了"马戏团表演"作为农村娱乐活动出现的"困境",和这种困境在文学作品中的反映;从宏观的角度,也注意到安徒生与"东方安徒生"新美南吉、严文井这些童话作家在写作上的差异。安徒生同时也是一位杰出的诗人,只不过由于翻译和阅读的限制,中国读者对此缺乏理解。

打破日本散文(随笔)研究、小说研究和诗歌研究的界限

散文在中国古代是一个宽泛的概念,它是指韵文以外的一切文体。到了近代,出现了散文的狭义概念。狭义的散文基本等同于英文的 essay,写作手法以抒情为主。现在的散文也是指狭义概念的散文。和散文相近的概念有随笔和小品文等。中国的小品文盛于明末,就字数而论,若超过千字,不适合称为小品。

随笔的概念在中国与日本古代都有。中国较早的随笔是南宋洪迈（1123—1202 年）的《容斋随笔》，而日本最早的随笔是室町时代一条兼良（1402—1481 年）的《东斋随笔》。一字之差应属巧合。日本在编辑作家全集的时候，一般用"随笔"（或评论），而不用"散文"。

《枕草子》《方丈记》《徒然草》通常被称为日本古代三大随笔，主要是基于日本的历史与语言习惯。从当代视角出发，称其为"散文"也是为了阅读和研究的便利。研究这些日本古代散文，叙事学是不可缺少的，有些简短的语句，讲述了完整的故事。

中国先秦散文和上述日本古代"随笔三书"一样，包含着一些极短的语句和段落。

到了现代社会，一句或数句很难成为读者心目中的"篇"。日本近代文学史上，芥川龙之介的《侏儒的话》宜称随笔，因为其中许多"篇"只有一句或几句。在中国近现代文学史上，好多作家都写过随笔，如叶圣陶的《"八一三"随笔》《"胜利日"随笔》等。而鲁迅的小说、日记和书信以外的文章都归入杂文。

和古代不同的是，文体越来越不存在分工。近代中国与日本，多数散文家都是小说家，他们努力尝试写小说或者童话，或者创作新诗；小说家一般也会留下大量散文和新诗。从这个角度来说，散文研究、小说研究和诗歌研究是分不开的。

古代日本小说中，韵文和不用韵的叙事部分是很难截然分开的。《源氏物语》《竹取物语》《落洼物语》中有大量的和歌，《平家物语》的开篇就是韵文。很难想象，离开诗歌研究，日本古代小说研究能够成立，而日本古典文学的翻译，更离不开诗歌翻译。

现代小说中，以诗歌为代表的韵文似乎退场了，但是诗句或者诗人的形象依然在日本近现代小说中频繁出现，比如：

俳句诗人高滨虚子手拿文明杖，头戴防暑帽，身穿薄纱袍，足登短腰靴，萨摩碎银花的衣襟披在腰间。就是这么一副扮相，从观众席出场。看他的衣着，很像个陆军的军需商人。然而，因为他是个俳坛诗人，必须尽可能表现出从容不迫，一心推敲诗句的神态。

这是小说《我是猫》第六章中一段对话里的内容。在猫的主人"苦沙弥"家的知识分子聚会上，有人提议编写并演出"俳剧"——俳句风格的戏剧。关于这段对话的意义，可以从两方面看。

第一，日本文化史上是否有人提出"俳剧"？如果没有，那就是作者写小说的时候，脑海里突然出现的概念。

第二，明治时期的服装。

高滨虚子（1874—1959 年）、正冈子规（1867—

1902 年）都是作者夏目漱石的朋友，而且都是著
名的俳句作家。夏目漱石有一篇散文《子规的画》，
是为了悼念朋友正冈子规而作，他写《我是猫》的
时候，子规已经去世。在这部幽默的小说里，夏目
漱石不可能拿亡友子规当作调侃的对象。于是，穿
着另类、后来还算长寿的高滨虚子在《我是猫》中
"登场"了。

　　高滨虚子可能在某个场合真是这样一身打扮，
这段描写可以和高滨虚子的照片相互对照。这样，
对于外国读者来说了解明治时期的服装就很有意义
了。至于说高滨虚子像一个陆军军需商人，则是一
种讽刺，作者是有立场的：厌恶战争，厌恶发战争
财的现象。

　　日本好多小说家同时也是诗人，不论在诗歌史上
地位如何；对中国读者来说，一部分日本作家的小说
集的"作者简介"，都同时称作者为"诗人"或"俳

句诗人"。芥川龙之介也有单行本俳句，曾经试译过数句。他的有些俳句充其量可以作为研究芥川小说的补充资料，并无他用。

在芥川小说《皇家宫偶》的开头，芥川引用的是与谢芜村（1716—1783 年）的俳句：

出箱面容难忘，宫偶两对堪怜。

中国古典小说中的"卷首词"和"开篇诗"有总领全文的作用，芥川的短篇小说也是如此。如果不能翻译或者解读开篇的俳句，理解全文就出现了障碍。

"开篇诗"的现象，并非在中国与日本文学中才有。俄国现代文学的开创者普希金（1799—1837 年）在1836 年创作的《上尉的女儿》总计十四章，每章开头都引用民歌或者此前诗人的句子，为这一章节故事的展开营造气氛。不过，需要注意的是，同样是在诗歌和小说两个领域达到一定高度的作家也有很大差异：普希金是先创造诗歌的辉煌，再开启俄国文学的小说时代；新美南吉是一直在同时创作童话与诗歌。正因为如此，在研究新美南吉的文学创作时，要把对童话的分析和对诗歌的解读联系起来。同一作家的两种文学创作活动不可能是完全平行的。

打破日本文学研究与语文教学法的界限

我关注日本古代散文，最初源于阅读刘利国先生编写的《日本名文拔萃》（大连理工大学出版社，1998 年），书中收录了很多散文片段。不过，散文的吸引力终究敌不过小说。大学期间，我读了《源氏物语》和《平家物语》，随后是《竹取物语》和《落洼物语》，对日本古代散文一直兴趣不足。

儿子读小学时，我惊奇地发现长春版《语文》五年级上册居然选了清少纳言（约 966—约 1025 年）《枕草子》的第一节《四时的情趣》，译者是周作人：

> 春天是破晓的时候最好。渐渐发白的山顶，有点亮了起来，紫色的云彩微细地飘横在那里，这是很有意思的。
>
> 夏天是夜里最好。有月亮的时候，不必说了。就是在暗夜里，许多萤火虫到处飞着，或只有一两个发出微光点点，也是很有趣味的。飞着流萤的夜晚连下雨也有意思。

这位平安末期的日本才女作家，没有机会和中国北宋文坛那些男性作家遥相呼应。问题是，小学语文教材为什么不多选些王安石、苏轼的作品，而非要选这位东瀛作家的散文呢？《四时的情趣》进入小学

《语文》课本，可能是由于编选者的兴趣，而不一定符合教材编选的规律。

《枕草子》有多个译本。本书的重点不是研究其他翻译家的风格，也不是研究翻译史。"长春版语文"虽然走进了历史，但是部编版教材依然选了清少纳言《枕草子》的开头，课文题目为《四季之美》，译者是卞立强：

春天最美是黎明。东方一点儿一点儿泛着鱼肚色的天空，染上微微的红晕，飘着红紫红紫的彩云。

夏天最美是夜晚。明亮的月夜固然美，漆黑漆黑的暗夜，也有无数的萤火虫翩翩飞舞。即使是蒙蒙细雨的夜晚，也有一只两只萤火虫，闪着朦胧的微光在飞行，这情景着实迷人。

中小学语文教材（也包括"参考阅读书目"和"名著阅读"）中的日本文学是研究的一个角度。现实的状况是教材中日本文学作品出现得不少，必读书目中的外国文学依然是以欧美为主。金子美铃的诗歌《一个接一个》在小学一年级教材中就出现了，译者是吴菲老师，编选入课文时又进行了改动，课文片断如下：

> 月夜，正玩着踩影子，
>
> 就听大人叫着："快回家睡觉！"
>
> 唉，我好想再多玩一会儿啊。
>
> 不过，回家睡着了。
>
> 倒可以做各种各样的梦呢。

用大量笔墨评价现有的译文，在学术上意义不大。而教材对外国诗歌的选择可以讨论，在中国有多少孩子"以梦为乐"呢？对《语文》教材的接受者来说，无梦是健康和幸福的标志。渴望做各种各样梦的孩子在现实中都有不得不面对的忧伤。从字数上说，呈现在教材里的这首儿童诗有好几行都超过了十个字，和文字简洁、朗朗上口的汉语童谣风格差别很大，这些都是在外国诗歌教学时必须面对和注意的问题。

若依然考虑《语文》教科书曾经存在不同的版本，新美南吉作为课文的作者至少出现了两次，超过了小学《语文》教材中俄国的契诃夫、意大利的亚米契斯和丹麦的安徒生。

打破日本文学研究与历史研究的界限

为加深对日本文学的理解，我在喜马拉雅平台上用中文朗读了日本古代散文的名作《方丈记》。总体感觉，《方丈记》是可以利用的日本古代史史料，"文史结合"在外国史研究、外国文学研究方面也大有可为。12世纪，日本古都京都的毁坏程度、被迫迁都时的混乱、养和（1181—1182年）大饥荒时京都饿死的人数，还有那个时期的安元（1177年）大火、元历（1185年）地震，都在该书中有细节描写。《方丈记》是真实的历史，不该被历史学家否定。随着研究的深入，感觉过去低估了日本古代几部著名散文的史料价值。

年鉴学派是法国的，计量史学是英美的，中国有"文史不分家"的传统。日本的历史学有什么独到的地方呢？二十年前读史学研究生的时候就很疑惑这个问题，以小见大不是日本学术的独创。中国"文史不分家"的传统要恢复，这也是一种文化自信。

更有趣的是，我想搞清楚《方丈记》的作者隐居以后吃什么。在这部散文的文本中很快找到了答案。他以采摘为主，山货基本够吃了。鸭长明不是日本的

陶渊明，这是学习日本文学的时候要注意的。当然，
像养和大饥荒中京都的死亡人数这类问题，还应多方
查找不同的资料，相互比照，最终估算接近真实情况
的数字。

《方丈记》的作者鸭长明（1155—1216年）是没
落的贵族，仅凭这一身份，就可以推测这部散文要表
达的一部分思想感情。然而，通观全书，不得不说鸭
长明悲观而不厌世。这本书本身又是思想史的史料。
《方丈记》这本书换一个现代点的名字，最合适的莫
过于《陋室咏叹调》。但是，鸭长明的思想和情绪又
不同于书写《陋室铭》的刘禹锡（772—842年）和在
贵州修造了"何陋轩"的王阳明（1472—1529年）。

说起房子，《方丈记》里也有建筑史史料。鸭长
明这个没落的贵胄，被迫"自己动手，丰衣足食"了。
丰衣似乎没有必要，但在足食之前，还必须有房子。
作者写道：

年龄岁岁增高，住居却一次次狭小。此次小庵的样子，不同于一般模样。大小仅方丈，高不足七尺。

在地基上支起柱子，盖上简单的屋顶，材木的连接处用铁钉固定着。

根据原文判断，如果必须迁居，他修建的房子有整体装车带走的可能，就像蒙古族的蒙古包一样。至于铁钉的使用，也可以搜寻别的史料，深入研究日本建筑乃至日本制造业的细节。在 13 世纪初，铁钉在日本可能是比较少见的。

小小铁钉的背后有很多有趣的历史。17 世纪初的时候，日本东北地区的仙台藩派支仓常长（1571—1622 年）船队远航，横跨太平洋，说明那时候日本的造船技术已经在亚洲领先。远航的大船，更需要大量坚固耐用的铁钉。后来，郑成功集团造船需要铁钉，是否主要取自日本？

　　鸭长明造的房子和刘禹锡的陋室、王阳明的何陋轩，还是有些神似——无丝竹之乱耳。鸭长明的文化用品放在"三只皮面的竹笼"里，可以防潮。竹笼旁边放着一把琴和琵琶，是能拆能折的便携琴。那么，这种便携琴是作者的独创，还是当时比较普遍的？如果对日本乐器史感兴趣，这也是一条很好的资料。

　　鸭长明可以在自己造的房子里，也就是"方丈"里"阅金经"。至于"案牍劳形"，肯定是没有，没落的贵族，日本社会、日本历史已经不给他们机会了。

　　武士阶级已经登上政治舞台，开始主导未来数百年日本历史的发展。

　　由于篇幅有限，主要是学养不够，积累甚少，没有功力就日本文学的方法论问题继续长篇大论。对于新美南吉的诗歌与童话的研究，本书兼用了上面提到的一些方法和原则，但是所有的文学研究方法最终要建立在"细读文本"的基础上。本书的写作目的是让日本诗歌翻译与研究的成果丰富起来，并作为一项事业发展起来，为中国的文科建设"添砖加瓦"，为"中国学派"的形成尽一分力。所有的研究方法和"细读文本"都是为了这个长远的目标服务的。

关于日本文学的世界坐标，即日本文学在世界文学中的地位可以从以下三方面来分析。

日本文学在世界文学中的地位

日本文学是东方文学中的一朵奇葩，其描写细腻而重彩不多，叙事结构缺少复杂的匠心，故事缺少波澜壮阔的背景。由于地缘因素和文化的原因，日本文学固然在中国赢得了一批又一批文学爱好者的青睐，但是在世界范围内的影响力有限。

评价一个民族文学在世界文学中的地位不能仅

用诺贝尔奖的数量来衡量。在步入经济高速发展的时代以后，日本已经获得了两次诺贝尔文学奖：分别是1968年的川端康成和1994年的大江健三郎。在1968年那个特殊的时间点，很难否定诺贝尔奖项与日本经济高速发展之间的联系。

我也曾经阅读和研讨东欧文学很多年。波兰作家四次获得诺贝尔奖（亨利克·显克维支、弗拉迪斯拉夫·莱蒙特、维斯瓦娃·辛波丝卡、奥尔加·托卡尔丘克），捷克作家雅罗斯拉夫·塞弗尔特也曾获得这一文学奖项，米兰·昆德拉曾获得提名。这些东欧作家在国际文坛的影响力丝毫不比日本作家逊色。我最早知道显克微支（又译显克维奇）的名字是在童年的时候，家兄借了一本这位作家的书，我也就跟着读了封皮上的字，后来才知道小学《语文》中的一篇老课文《小音乐家杨科》就是显克微支的作品。这篇作品写的是孩子中的天才被残忍地毁灭，这难道不是一个世界性的问题吗？至于对捷克文学的关注，源于小时候看的《鼹鼠的故事》和大学时候对"1968 年布拉格之春"的关注。

在亚洲，日本作家的影响力也不能和 1913 年获奖的印度作家泰戈尔（1861—1941 年）与曾获诺贝尔奖提名的吉尔吉斯斯坦作家艾特玛托夫（1928—2008 年）相比。泰戈尔、显克微支都是在本民族没有赢得独立的时候获得的诺贝尔奖。而艾特玛托夫没有最终获奖，可能因为他曾经是吉尔吉斯共产党的中央委员。

在写作手法上和创作题材方面，日本文学先后受到中国和西方的影响。若从文学研究的宏观角度来说，江户时代的读本小说受中国的影响太深，独创性不够，在当代日本的阅读价值也不高。《源氏物语》被称为"世界上最早的长篇小说"，是有开创性和独创性的，然而，其细腻而烦琐的叙事让其难以越出国界，尤其

32

是在西方世界的影响力较小。《平家物语》是杰出的军记物语——战争文学，中国的大学生读者们，喜欢读战争文学（《战争与和平》《静静的顿河》《飘》这类以战争为背景的小说姑且也算在其中）的不在少数。但是，《平家物语》却越不出日语系和相关的研究所，而且这部小说的阅读者一般是有深造志向的硕、博研究生和年轻教师。在中国，也不存在改编《源氏物语》或者《平家物语》成中国电影的可能。某些艺术家选取外国题材进行改编也主要考虑欧洲，不论这些题材是否有中国元素。

　　"春香"这个文学形象是属于朝鲜半岛国家的，而中国却有根据朝鲜半岛古典文学名著《春香传》改编的多个剧种。这种外国作品的中国式改编，固然有政治、艺术和民族的多重因素，但现实就是同属邻国的文学名著，改编后的《春香传》和许多欧美名著一样，可以进入中国"阳春白雪"的范畴；而日本的《源氏物语》和《平家物语》却难以赢得中国高层次读者的认同，更遑论"下里巴人"。

中国知识阶层好多人都捧读过村上春树和东野圭吾的作品。如果说当代日本作家借助印刷业、网络和国际文化交流在中国颇有市场，那么，《源氏物语》这类古典文学名著就缺乏这些优势。由于日语在日本列岛以外的地区均非通用语言，不像俄语和西班牙语在很多国家都在使用，无须翻译；加上20世纪60年代开始的日本经济高速增长已经是明日黄花，国际上关注日本经济和日本经验，进而关注日本文学这个"进路"逐渐淡化，日本文学超越国界的难度越来越大。

日本是否缺少世界名著

何谓世界文学名著？这个问题很难回答。各国都有名著，法国有《巴黎圣母院》，中国有《红楼梦》，不再一一列举。但是，名著到底有名到什么程度，在多大程度上能超越国界，还是要仔细考究的。文学名著，至少小说都是"民族的"，但不一定是"世界的"。

世界文学名著的内容大概都该有广阔的社会图景，人物要从贵族到平民都有勾画。人物太少不行，场景缺少变化不行，人物的阶层太过狭窄也不行。

捷克的《好兵帅克》的主角是有风湿病的被部队开除又重新入伍的普通军人帅克，但是全书描写了上至公爵，下至餐厅小老板和仆人、囚犯的生活。世界名著是不是一定要有宏大的叙事呢，可能缺少了还真不行；缺少了就很难吸引本民族以外的各阶层读者。感人的细节和巧妙的构思也是必要的。

《堂吉诃德》的主角是骑士小说的爱好者堂吉诃德和他的侍从农民桑丘，全书描写了上至诸侯国国王，下至牧羊人和乞丐的生活。作者笔下的 16 世纪末 17 世纪初的西班牙在整个民族发展史上至关重要。作者亲身经历的重大事件——西班牙和（奥斯曼）土耳其的对峙也不时地成为书中人物的"谈资"。

《红楼梦》写的是贾、史、王、薛四大家族的兴衰和贵族青年的感情纠葛，全书人物四五百个，但是语言或动作相当精彩的次要的下层人物比比皆是。如拾到绣春囊的傻大姐、听不清贾宝玉说话的聋婆子和那个对贾宝玉说"晴雯姐姐没死"的小丫鬟等。至于第五十三回"乌进孝送租"，红学界一般认为是反映农民抗租抗税斗争的重要情节。

真正的世界文学名著，或许都是某个民族的著名作家留给全人类的"百科全书"。

日本古代文学的贵族气太浓。《源氏物语》也写了朝廷上的政治斗争，但和《红楼梦》相比，它是纯粹的东方"贵族生活画卷"，"细读"也很难读出"接地气"之处，让好多本国读者都望而却步。到了近代，日本的无产阶级文学由于政治打压等多种原因而没有广阔的空间。日本的作家中也不存在屠格涅夫那种和民粹派有千丝万缕联系的人，文学中小人物的形象确实比古代日本文学增多了，但是却找不到那种"嗟彼小星"似的亮点。

17 世纪初，德川幕府建立以后，日本文学的形式确实多元化了，但是市井文学远离了不识字的农民和手工业者；上流社会的文学又专注于经商之道与爱恨情仇。明治维新以后，在短短几十年的时间里，日本的文学家接受西方与俄罗斯文化的冲击。这是一种被动接受，和总体上的主动吸取西方物质文明有很大不同。来不及消化、吸收和创新，某个文学流派的潮流就已经过时了。

战后的日本文学是另一种图景。两位诺贝尔文学奖获得者和村上春树这样的知名作家，让亚洲和西方对日本文学也有短暂的刮目相看，但终究在世界文学之林里没有培育出动辄被翻译成几十种文字的参天大树。

《论语·述而》云："子不语怪、力、乱、神。"细心研读过《论语》又泛读过很多外国文学作品的读者都知道，先贤已经为后世提供了一些文学批评的标准，如"哀而不伤"是评价文学作品表达的悲哀情绪是否适当的一个方法。

尽管对"怪、力、乱、神"这四个字的解释有些差异，但是对"怪、力、乱、神"的"语"或"不语"也可作为文学批评的标准。长期以来，在研读日本文学的过程中，有些中国读者觉得日本民族的审美情趣过于特殊。例如，在俳句中，苍蝇、蚊子、小便的轨迹何以成为文学意象？有一部分日本短篇小说，也存在"怪、力、乱、神"。例如，泉镜花的《外科室》中女主角的自尽，川端康成《睡美人》中老年男子的性欲，都给部分读者留下了"怪、乱"的印象。而泉镜花的小说《和歌灯》（又译《歌行灯》）的结尾，生者压住了死者的魂魄，实在有些"神"。泉镜花和川端康成都是各自所处时代的日本一流作家，不是今天的"网红"写手，他们的重要作品能否满足大范围异文化读者的审美需求，决定着日本文学国际化的程度。本书无意以偏概全，但是，文学中的"怪、力、乱、神"一定是妨碍民族文学跨出国门的障碍。虽然中国图书市场上有《怪谈》《全怪谈》《日本妖怪》之类的文化类读物，销量也不低，但这不代表日本文学的精华。《西游记》《聊斋志异》的精华部分早就外译传播，但是谁会倾尽全力去翻译袁枚的《子不语》呢？

　　日本的长篇小说缺少巨著，而短篇小说又缺少莫泊桑、契诃夫那样的文学巨匠。日本不是文学大国，日本文学只是东方文学苗圃中一块色彩斑斓的方地而已。

　　《源氏物语》和俳句都是日本民族创造的，俳句固然有国际化潮流，但是世界上最早的长篇小说《源氏物语》却未必属于整个世界。这是本书的重要结论之一。

从安徒生到"东方安徒生"

在这篇代序即将结束的时候，还有一个小问题要讨论："东方安徒生"新美南吉写的究竟是童话、故事，还是小说？

何谓童话？童话的定义有几十种。本书仅举一例，洪汛涛认为："童话是一种以幻想、夸张、拟人为表现特征的儿童文学样式。"❶ 本书并非对这则定义情有独钟，它强调了童话只是儿童文学样式的一种，除此之外，至少还有儿童诗、儿童戏剧等。幻想、夸张、拟人，是他归纳出的童话的表现手法。这则定义的优点是简洁，但没有强调童话必须是完整的故事。

完整的故事是小说的必要条件，可以说，鲁迅的"散文集"《朝花夕拾》里也有多篇小说，童话和小说

---

❶ 张光忠.社会科学学科词典 [M].北京：中国青年出版社，1990：930.

并不存在明确的界限。或者说，所有的童话都属于特殊的小说。翻译家周龙梅在点评和分析新美南吉的作品时，"故事""小说"和"童话"几个词是混用的。可见，这位译者对于新美南吉的童话属于小说和故事的范畴并无异议。

中国学者一般不会称安徒生为"世界知名小说家"，为了正式起见，又不说"安徒生讲故事"，好像只有称"安徒生童话"才能表明对这位世界知名遥远的异域作家的尊重。新美南吉写的是童话，老少皆宜可以超越国界的童话。作为童话，"幻想"和"夸张"之处又不多，新美南吉笔下的"神"是仪式化、生活化、无处不在的"神"——可以理解为日本神道里的"神"，按照中国的文学批评标准，他笔下的"怪、力、乱"的东西很少。好像有"不语怪、力、乱、神"的原则在约束着他，实则，伟大的作品就是一种"天成偶得"。

他的作品娓娓道来，连"正式开讲"的感觉都没有。

安徒生的作品是盖着绒被的小女孩在快睡觉的时候由母亲或者祖母朗读的。新美南吉的好多作品可以随时随地讲起，篇幅不长，人物不多。可是，新美南吉的精巧构思和匠心独运，令很多小说家叹为观止，自愧不如。这就是看似简单，实则不简单的新美南吉。在本书中，"故事""小说"和"童话"几个词也是混用的。除了有先例可以借鉴外，还因为如果强行统一，容易影响读者对新美南吉作品的理解，也不利于本书的写作。

他和安徒生都终生无妻无儿，却又终生怀着一颗童心在写作。新美南吉的英年早逝，不影响他的作品永世长存；安徒生年近古稀，也没有妨碍他奋笔疾书。因为同样属于东方，或许，新美南吉更适合中国的小读者，更何况他在小说和诗歌两个领域成就卓著，好好翻译他的诗歌，对他的作品进行综合的又并非完全学院式的研究，这也许是"天降大任"。不敢怠慢，遂成此书。

第一章　隐隐的硝烟下：田园诗与叙事诗

　　日本近代的对外侵略战争是一股巨大的恶流，裹挟着很多普通的日本国民。在后方的作家也很少能置身事外。野口雨情、北原白秋都在诗歌里描写了战时的日本少年。也许那种斗志满满的样子是作家一种违心的拔高，可是，他们毕竟写了战争。和石川达三那种"笔部队"成员相比，他们离战争残酷的现实太遥远，也无力阻止军国主义的战车，只能用笔涂几首"鼓舞人心"的诗歌，表明自己的身份和立场。

　　新美南吉出生在国内国际局势看似稳定的1913年。对外，日俄战争的余波逐渐平复；对内，大正民主运动方兴未艾。主战场在欧洲的第一次世界大战对新美南吉和岩滑新田村的影响微乎其微。经历了20世纪20年代看似在追求和平的日本"协调外交"（币原喜重郎外交），1929年，世界经济大危机爆发。新美南吉告别了少年时代，他和命运争抢时间，拼命写作。而早就在日本列岛蠢蠢欲动的军国主义也开始对外寻找机会。

1936年，新美南吉在东京外国语大学（旧称东京外国语学校）毕业后，作了短期的用英文介绍和推销产品之类的工作。他还曾经几次担任代课教师，最终由于健康原因被迫返乡养病。许多作家的疾病与写作有密切的关系。可以说，是疾病让新美南吉和他的写作远离了日本军国主义的毒害。这位在20世纪30年代夜以继日为不同年龄不同国家的读者写故事的日本作家，勾画出的是一幅饱含烟火气息的"世外桃源图"。分析他众多的作品，可以有三个视角。

若隐若现的战云

重病之后，他会不会不知道、不了解日本对外侵略战争的战况？当然不会。在他的童话故事里，战争的阴云总是若隐若现。各类消息不时传到他生活的爱知县岩滑新田村。甲午战争之后的举国狂欢早已烟消云散，但是日俄战争留下的伤痕却依稀可见。

在《爷爷的煤油灯》中，爷爷既是故事的叙述者，也是故事的主角：

> 大约五十年前，也就是日俄战争的时候，岩滑新田村里有一个叫巳之助的少年，当时只有十三岁。

用"日俄战争"作故事的时间标记，充分说明了战争对这个小村里的人包括作者本人的冲击。新美南吉的童话，对年代和时间的交代有好多是使用间接的手法。比如，"当新田山脊阴暗的上空绽放起烟花时，已经是暮春的一个晌午了"（《拴牛的山茶树》）。而用重大历史事件作为时间标记可能只有这一次。

《爷爷的煤油灯》中的"十三岁"不是从军的年龄，所以，故事中的"爷爷"能够通过不断的学习和摸索摆脱贫穷，避免在战场上成为炮灰。当然，故事里的时间也不是真实的时间。

《拴牛的山茶树》的结尾提到了战争：

日本和俄国在大海的另一头开战了。海藏远渡重洋，去参加这场战争了。

战争结束了，海藏没有回来。

中国有句谚语"吃水不忘挖井人"。作为普通劳动者的海藏没有商人的头脑，所以募款挖井的过程并不顺利，最后只能自己不断攒钱，攒了两年才凑够挖井的费用。海藏短暂的喜悦被战争的阴云笼罩，一心为公的挖井人最后命丧战场，为这篇童话增加了悲凉色彩。

农闲时作人力车夫的海藏节衣缩食攒钱是为了挖井，大约同一时期被塑造出来的文学形象"骆驼祥子"攒钱是为了买车。当然，这绝不意味着祥子是个自私的角色。海藏的行为是日本式的"公心"在童话里的一种反映，《拴牛的山茶树》里对挖井这项公益事业无动于衷的人，也比比皆是：有靠山林赚钱的暴发户利助，有一直拒绝出让土地权利但在临死前悔过的守财地主，还有那些走过募捐箱而最终没有捐出一分钱的普通人。

这样写，更能耗烘托出海藏的奉献是真实的、可贵的。祥子拼命干活是为了买车，善良的本性让他也曾经慷慨资助比他更贫穷的老年车夫。童话里没有写挖井的具体过程，只写人力车夫海藏被迫参军，平静的生活被打破了：

> 一支队伍从村子的方向朝新田山脊走来。走在队伍前头的，是一个穿着黑衣服，戴着黑黄帽子的士兵，他就是海藏。

这里的军服颜色是符合历史事实的。对军服和军人都是没有褒义词的中性化描写。海藏是一位普通的农民，和母亲相依为命。战争结束了，他没有回来，意味着日本又增多了一位孤独的悲痛欲绝的母亲。

《捡来的军号》通篇是反战的色彩与情节。故事中写道：

> 正在这时，西边爆发了战争。

对于日本这个东方国家来说，多数战争都是发生在"西边"。日本在明治维新以后，五年一小战，十年一大战。第一次读这篇童话，曾经判断"西边爆发的战争"是"西南战争"。但是，1877年的西南战争对出生在大正时期的新美南吉来说太遥远了，"西边的爆发的战争"可能也是指日俄战争。

《捡来的军号》开头写道：

　　从前有一个贫穷的男人。虽然年纪不大，但他既没有父母，也没有兄弟姐妹，就孤零零一个人。

童话的主人公为什么是孤儿？可能是战争的原因。大约同一时代的《骆驼祥子》中的祥子也是孤儿。祥子独自流落北平的主要原因是贫穷：

生长在乡间，失去了父母与几亩薄田，十八岁的时候便跑到城里来。带着乡间小伙子的足壮与诚实，凡是以卖力气就能吃饭的事他几乎全做过了。

《捡来的军号》中的男主人公做起了在军国主义的战场上显赫扬名的梦：

他梦见自己成为一名威武的大将，胸前挂满勋章，手持一把闪闪发光的宝剑，雄赳赳、气昂昂地骑在马上。天很快就亮了。

表面上，作者写的是一个贫穷的普通日本男子，但这个梦的破碎象征着作者对整个日本军国主义的前途的看法。一个孤儿又为什么会做这样的梦呢？是因为铺天盖地的军国主义的宣传。梦醒之后，这个男人要面对饥饿，面对善待他的老人，面对凋敝的村庄与荒芜的农田。作者以小见大，写的是整个日本军国主义时期的社会图景。不过，贫穷的男子目睹这一切而自省，用军号号召村民重建家园，则是一种理想主义的设想。在童话王国里，作者是无所不能的。在现实中，重建被军国主义毁灭的家园是一个漫长的过程。军国主义的余毒也不是主观上的自省就能迅速消除的。

在新美南吉的作品里，偶尔也出现和战争相关的地名甚至新式武器。《音乐钟》里的老爷爷讲过"俄国兵拿着机关枪"，但是没有具体的历史人物。在《和太郎和他的老牛》中，喝醉了的和太郎（与妻子分手，和老母亲相依为命）牵着老牛迷了路，跌入水池。第二天，牛车上出现了一个小孩的摇篮，小孩后来起名"和助"：

　　话说这个天老爷赐给的孩子和助渐渐长大，小学时和我是同班。和助一直担任班长，我总是倒数第一。小学毕业之后，和助接了和太郎的班，做了一名出色牛倌。太平洋战争爆发不久，他应征入伍，大概是到现在的爪哇岛，或是苏拉威西岛去作战了。

苏拉威西岛（旧称西里伯斯岛）和爪哇岛都位于印度尼西亚。这是一种似有若无地对战争的间接描写，宁静的岩滑新田村也会接收关于太平洋战争的各种消息。天赐的"和助"和老舍笔下的"牛天赐"不一样，没有什么故事情节，只是隐隐约约地有一个模糊的去向。"和助"作为"我"的好朋友，在南洋作战，生死未卜。"我"对战争的厌恶、反感和失望就在字里行间。那遥远的岛屿上战争的残酷，也许成年读者都能想象到。

日本好多作家都在作品里提到了战争涉及的人物、武器和战况等。最典型的例子是夏目漱石在《我是猫》

中提到了东乡平八郎（1848—1934 年）。《我是猫》中的猫公在计划抓老鼠的时候，居然缅怀起"东乡大将"：

> 东乡大将，对于俄国的波罗的海舰队究竟会穿过对马海峡后出现在轻津海峡？还是远远绕过宗谷海峡？心里非常不落体。今天我按自己的处境设身处地地想，对于他当时左右为难的心情不难理解。咱家不仅整个看来和东乡阁下相似，而且在这特殊遭遇下，也与东乡阁下同样地用心良苦。

　　猫把东乡大将当成楷模加以崇拜和模仿，作者用讽刺的手法揭示出军国主义宣传在那个时代无孔不入的现实。

　　军国主义时代的特点是军歌响亮，儿童也在唱。《钱坊》中哥哥吹口哨吹的是"军舰进行曲"（原文无书名号），而《正坊与大黑》中，正坊与大黑这对马戏团里的好搭档——一名男孩与一头老黑熊——上场演出的前奏是一首歌《勇敢的水兵》。这些都是第二次世界大战结束前日本社会中的军国主义元素。

日本"田园诗派"的有无

很难用中国古代诗歌史上的一些名词给日本诗歌分类。比如，中国唐代有边塞诗，日本《万叶集》中有很多"防人歌"。日本作为海洋国家并无边塞，但防人歌写的是戍边战士的感受，可视作边塞诗的一种类型。《万叶集》的时代以后，未出现特别有价值的由文人创作的以抵御外敌、加强海防为题材的诗篇。近代史上，作为侵略国家的军人所写的充满杀伐之气的汉诗是日本文化元素中的糟粕，也不属于本书探讨的范围。

田园诗指歌咏农村自然风景、田园生活的诗歌。中国的田园诗起源于魏晋，兴盛于唐代，代表人物有王维和孟浩然等。日本是否有典型的田园诗呢？

第一章　隐隐的硝烟下：田园诗与叙事诗

日本自古以来是森林覆盖率非常高的国家。❶绳文时代以后，日本逐渐砍伐森林，开辟农田。日本的山地面积很大。在关东平原开发以前，日本并不存在大规模的农业区。总体上，日本的农业比较分散，这使作家对农村的观察、体验与中国作家和中国农民的差异很大。

明治维新以后，日本快步进入工业社会，工业文明和农业文明共存的时代来临。日本也很难产生赵树理、莫言和陈忠实那样作品一直带着浓厚乡土气息的作家。田园诗在日本总体上不存在。

古代的日本歌人和诗人一般都是脱离农业生产的贵族。虽有少量农村风光诗，但是这些作家并未真正接近农村、深入农村，所以并没有特别有价值的描写农村风土人情的和歌。

著名的散文作家是否有过农耕体验呢？

---

❶　日本都道府县的森林覆盖率 https://www.rinya.maff.go.jp/j/keikaku/genkyou/h24/1.html，日本林野厅官网 2012-3-31。

清少纳言的《枕草子》（林文月译本）中有《牧童》一节。但此"牧童"绝非"歌声振林樾"的牧童，而是牛车（贵族交通工具）主人的儿童版形象大使。清少纳言是宫廷作家，作为女性，她乘坐的牛车的车辙更不会在乡道上留下任何痕迹。

《徒然草》的作者吉田兼好（1283—1350 年）在 1324 年以后行脚各处，居无定所。《方丈记》的作者鸭长明（1155—1216 年）虽然有了草庐一间，但是他的饮食和生活有些类似两千年前的中国诗人屈原，不事农耕，取食于自然：

有时拔茅花、摘岩梨、拧折山芋蔓上的芋蛋，摘野芹。

归来路上，随季节或折樱花，或索红叶，或采蕨菜，或拾树果，且供佛前，且做土特产。

——《方丈记·胜地无主尽闲情》，李均洋译假如有必须做的事，我身体力行。尽管身子受累，但比起使唤他人、照顾他人来要轻松些。

衣食类也相同，藤衣、麻衾，想得就得，遮蔽肌体，田野里的取菜（菊科多年生植物），山峰上的果实，多少就可维系生命。

——《方丈记·闲居的趣味》，李均洋译

到了江户时代，俳句创作出现了辉煌。松尾芭蕉、小林一茶等诗人经常出外旅行，也有农村生活的体验，他们的好多俳句可以归入田园诗的范畴，但他们自己不事稼穑。

松尾芭蕉的名句：

鞍壺に小坊主乗るや大根引き

陆坚译：

小儿旁观望

　　　收拔萝卜全家忙

　　　他却骑马上

　　陆坚并未在他的著作中梳理日本描写农村风光的诗歌的流变，但是称此类俳句为"田园俳句"❶。

　　同为江户俳句名家的与谢芜村有句云：

　　菜の花や月は東に日は西に

　　　拙译：

　　　红日偏西向

　　　菜花无边天地广

　　　明月出东方

　　此句视野宽广，描写了农村风光。但人物形象

---

❶　陆坚, 关森胜夫. 日本俳句与中国诗歌 [M]. 杭州：杭州大学出版社，1996：288.

却只有作者"我"，画面感的场景里并没有农业劳动者。

可以把"田园诗"的界定标准定得再严一点，如果没有农业劳动者的形象，又何谈田园诗呢？来看孟浩然的《过故人庄》：

故人具鸡黍，邀我至田家。

绿树村边合，青山郭外斜。

开轩面场圃，把酒话桑麻。

待到重阳日，还来就菊花。

"故人"究竟是什么身份？能够"把酒话桑麻"，应当是一位有农业生产经验的朋友，至少不会"五谷不分"。

中国文学中描写农业劳动者形象的诗歌比比皆是，以典型的《四时田园杂兴》为例：

　　昼出耘田夜绩麻，村庄儿女各当家。

　　童孙未解供耕织，也傍桑阴学种瓜。

　　全诗勾画出一家老少都在农业劳动的画面，虽然辛苦，但也其乐融融。

　　若依据这个严格的标准分析，前面提及的以"拔萝卜"为关键词的俳句重点是写骑在马上玩耍的小孩，而不是拔萝卜的劳动者。

　　再来看小林一茶的名句：

　　大根引大根で道を教へけり

　　　拙译：

　　　行路遇迷茫

　　　菜农没有仙人样

　　　萝卜指方向

这句表现的是用萝卜指路的情趣，也只能属于宽泛意义的田园俳句。

至于日本诗歌史上非常重要的《小仓百人一首》，其中描写农村风光的唯一一首和歌：

夕されば　門田の稲葉　おとづれて　蘆のまろやに秋風ぞ吹く

　　刘德润译：

　　暮色门前降，满田何朦胧。

　　摇摇鸣稻叶，庐舍临秋风。

但这首诗中的人物形象也只有作者自己——大纳言源经信，辛苦的农人在这个贵族作家的视野里仿佛完全不存在。

对松尾芭蕉和小林一茶来说，江户这样的大城市是他们游历中最重要的一站。在江户文坛的地位决定着他们的生活质量，农业隐居不是他们的选项。因此，尽管他们可能对农村生活有体验，有感受，但是宽泛意义的田园诗或者说田园俳句只是他们创作的一部分。

到了明治时代，俳句革新的旗手正冈子规留下了描写田园风光的俳句：

稲積んで車押し行く親子哉

　　小车推重稻
　　父子力亲情

村遠近雨曇垂れて稲十里

　　厚云携重雨
　　难压十里稻花香

雞の親子引きあふ落穂かな

62

稻穗零星撒

鸡妈妈拉着小鸡崽

亲子收获大

三首均为拙译。

日本近代民众派诗人对农业劳动者的生活也予以关注，白鸟省吾（1890—1973 年）有一首《失去耕地的日子》，描写了日本对外侵略战争给农业劳动者造成的伤害：

饥饿蔓延着

又开始了日俄战争

说是为国不惜生命

家家都遭到了抓丁

一无所有的穷人

从财主家借几个小钱

满洲莽野中的青年

思念着家乡死去

一纸阵亡的噩耗

递到穷人的门前

当举国陷入战火

当农民开始悲叹

那还不起的债务

滚成大把的钞票

卷走了农民的耕田

好家伙，一个人抢了多少土地

如同磁石吸收铁屑一般

　　这首诗歌虽然关注的是农业劳动者，但是农民的形象不够鲜明，而且诗中没有农村的景物意象，也很难被归入田园诗的范畴。不过，白鸟省吾因为在创作中关注农民与农业问题而被称为"日本无产阶级文学

的先驱"。❶

日本缺少田园诗的另一个原因是经济生活的多元化。自古以来，日本深受中国农耕文化的影响，但日本从古代起，渔业和采集业的比重远比中国经济中相应产业的比重高。《古事记》中的所谓"山幸海幸"是说日本受山与海的恩赐太多。如前文所说，像鸭长明那样从事采集的人不在少数。中国上层社会不可能正视的"榧子"（主要产地在长江以南）等山货在著名作家北原白秋的童谣中也出现过多次。

本书的结论：在日本文学史上，并不存在田园诗派。田园风光与农业劳动者的形象是田园诗的构成二要素，缺一不可。若缺少农业劳动者的形象，只能称为宽泛意义的田园诗。

关于这个问题，日本学者不是没有探讨过。加

---

❶　岛崎藤村. 日本现代诗选 [M]. 武继平，沈治鸣，译. 西宁：青海人民出版社，1983：282.

藤周一在《日本文学史序说》中指出："日本文学的显著特征之一是向心倾向，几乎所有的作者都住在大城市里，读者也是大城市里的居民，作品题材也多取自城市生活。"❶ 加藤周一的视角是从总体文学史出发的。本书关注的是诗歌史。加藤周一的论述在先前受到中国学者的关注，但这又涉及另一个学术话题，就是日本文学研究的话语权和话语导向。"向心倾向"这类日本式的词汇被中国学者接受，随即出现在相应的学术论文和课程讲义中。这些日本式的学术词汇如果不加以详细解释就容易产生误解，即使详细解释也未必对中国学生的学术思维产生积极影响。本书在探讨日本田园诗这个话题的时候，并未参照加藤周一的著作。我们必须用自己的话语体系去分析和探究外国文学的发展规律，借鉴外国成果不等于照搬外国名词，更不能丧失独立思考的精神和文化自信。

---

❶ 高文汉 . 试析日本古代文学的特质 [J]. 日本学刊，2002（5）.

第一章　隐隐的硝烟下：田园诗与叙事诗

在世界文学史上，古罗马的维吉尔（公元前70—公元前19年）、英国的华兹华斯（1770—1850年）和俄罗斯的叶赛宁（1895—1925年）等人都笼统地被称为田园诗人。若是用田园风光与农业劳动者形象这两个要素来衡量，或许对外国诗歌史会有新的思考。

新美南吉似乎一直生活在用童话、诗歌、亲情和乡村美景构筑起的世界里。试想，在工业社会初步形成的时代，中日两国有哪位作家没有在追求文学理想的时候和城市生活发生过激烈的碰撞呢？又有哪位作家在城市生活中的奋斗一帆风顺？由于新美南吉的都市生活经历很短，也就没有太多与现实的纠葛。对他来说，理想与现实的最大冲突是，健康恶化，不能胜任大学毕业后的工作，只能返乡养病、写作。

新美南吉是一个特殊的有长期农村生活体验的作家。尽管疾病已经让他不能长时间参加农业劳动，但是他留下的许多描写农村风光的诗歌是日本文学史上的一个亮点，他的诗歌与童话共同弥补了日本文学史上"农村题材"不足的缺憾。

另一位童话巨匠宫泽贤治同时是一位农学家。他的农学知识包含着西学成分。他的农村体验更多的是劳动，还有与农民的交流。他描写了自己对气候、山石、土地、化肥、蔬菜和林木的感受，诗中表达的感情热烈，用词与句式奇绝，感染力强。为了改良土壤和向外推介自己的作品，他不断地奔波，在路上——也就是不在乡村的时候比新美南吉多。因此，他的作品更缺少传统意义的田园诗的特点。与预感到死亡的新美南吉不同，宫泽贤治为了农业改良和文学创作奋斗到生命的最后一刻。他没有预料到自己病情恶化得那么快，甚至没时间去想自己何时离开这个世界。尽管生活道路不同，写作风格迥异，两位大作家都在昭和前期撒手人寰，都在诗歌和童话中得到了永生。

诗歌叙事与小说里的诗韵

在日本近代文学史上，新美南吉是少有的在小说创作和诗歌创作方面取得双丰收的作家。在他之前，只有岛崎藤村等少数作家在中国被同时评价为"诗人和小说家"。他的抒情诗《千曲川旅情》对后世影响很大。

芥川龙之介也写过很多俳句，但是近代日本俳句史几乎不提到他。正冈子规、山头火、尾崎放哉，这些在俳句革新方面取得重要突破的作家，都没写过像样的故事。北村透谷、北原白秋、土井晚翠等人在诗歌创作方面颇有建树，但是不涉足小说领域。

岛崎藤村的好多作品没有走出国门，中国改革开放初期的许多日语系学生都听说甚至读过他的《破戒》。但是，这本小说在 20 世纪 80 年代作为日本文学的重点作品翻译成中文，和当时尚未退出文化领域的"阶级斗争意识"有密切关系。《破戒》揭露的是日本部落民制度对人的戕害。译者似乎在字里行间提醒读者，在中日友好的大背景下，不能忘记日本资本主义制度的不合理性。小说中的"贱民"丑松被视作一个斗争性不够彻底的人物形象。

无赖派的代表人物太宰治是非常有才华的小说家，他的作品在中国也一度热销，但是他传世的诗歌少见。川端康成、大江健三郎这样的诺贝尔文学奖获得者也少有诗歌流传。本书无意苛责这些文学家缺少广阔的视野和写作能力，只想在对比中突出新美南吉的特点。

古代日本的《万叶集》中有部分叙事诗，如《贫穷问答歌》等。近代诗歌中的叙事诗极少。

罗兴典在《日本诗史》中，没有提及日本叙事诗的发展，甚至没有提到叙事诗的概念。根据他的研究，日本早期对西方诗歌，包括葡萄牙和西班牙故事诗的

翻译和引进，有叙事诗的性质。❶

新美南吉这位活跃在大正和昭和前期的作家却在擅长写故事的同时，写了不少生动的叙事诗。诚然，他的有些叙事诗可以看作他写的故事的另一种表现形式，但不能因此就否定这些叙事诗的价值。比如，《落叶》是写秋天他在树下沉思，而两片落叶提醒了他，树叶可以作为狐狸"购买手套"的货币：

乌桕树底

构思童话

落叶两片

金灿灿的

翻飞而下

浮想联翩

秃笔生花

---

❶　罗兴典.日本诗史 [M].上海：上海外语教育出版社，2002：11-16.

秋去冬将至

心中有牵挂

愿以黄叶为金币

购得手套一双

献给

我书中的

小狐狸殿下

关于日本文学史上叙事诗杰作的匮乏，日本学者也早已注意到：

在希腊等国，叙事诗、抒情诗这样的文艺作品早就一清二楚了，而日本却把它蕴含在历史典籍之中流传后世。后来写成的《万叶集》和《源氏物语》中的和歌及物语，才初次显示出明确的文艺形态，但在奈良朝以前能称得上文艺作品的，只不过是一些片断。《古事记》整个说来虽不完善但单抽出某一部分看，那确实是相当优美的叙事诗性的作品。

充满抒情味儿，加进恋爱故事，这就是日本的文艺作品不能成为纯粹的叙事诗的原因。❶

中国的叙事诗杰作层出不穷，从《孔雀东南飞》到《琵琶行》，从《长恨歌》到《秦妇吟》，都用诗歌的形式给读者讲了完整的故事。这些都是长诗。而五言绝句中也不乏叙事佳作，如贾岛的《寻隐者不遇》。

现代诗中，叙事诗名作反而不多。值得注意的是茅盾对萧红《呼兰河传》的评价——"一篇叙事诗，一幅多彩的风土画，一串凄婉的哀歌"。很少有小说被评价为叙事诗。叙事诗、哀歌，"诗"与"歌"本

---

❶　冈崎义惠.日本的叙事诗[M].肖立，译.长春：吉林人民出版社，1983：317-319.

来就是二位一体。茅盾的评价非常中肯，成为中国文学批评史上的经典话语。他抓住了《呼兰河传》的"诗性"和"音乐性"，至于"风土画"，画面感是文学作品的共性，重点在于"多彩"和"风土"。

《呼兰河传》的故事性不强，这部作品和传统的小说差别很大，这个问题和本书无关。但是，《呼兰河传》为何被称为"叙事诗"呢？

首先，这部作品的有些句子是押韵的，这是中国诗歌包括"叙事诗"的重要特征。比如：

满天星光，满屋月亮，人生何如，为什么这么悲凉。

过了十天半月的，又是跳神的鼓，当当地响。于是人们又都着了慌，爬墙的爬墙，登门的登门，看看这一家的大神，显的是什么本领，穿的是什么衣裳。听听她唱的是什么腔调，看看她的衣裳漂亮不漂亮。

跳到了夜静时分，又是送神回山。送神回山的鼓，个个都打得漂亮。

若赶上一个下雨的夜，就特别凄凉，寡妇可以落泪，鳏夫就要起来彷徨。

除去景物描写，比如：《火烧云》片段、《乡村里的大花园》片段，描写风土人情的地方好多句子都比较隐晦，只有细读才能品出字里行间的凄凉和无奈。《火烧云》这类看上去易懂的片段长期出现在各种版本的中国小学《语文》教科书中，但是小读者也很难体会出其中的美来。

其次，全书好多地方短句分行排列，只换了主语和动词，在形式上和诗歌类似。❶

---

❶ 《呼兰河传》的影响力很大，近年来版本较多，有些出版社为了排版方便而更改原著有些地方的分行排列，显然违背了作者的原意。

75

因为大昴星升起来了，大昴星好像铜球似的亮晶晶的了。

天河和月亮也都上来了。

蝙蝠也飞起来了。

五个孩子买麻花、争麻花和吃麻花的情节当然不是喜剧：

顶大的孩子的麻花没有多少了，完全被撞碎了。

第三个孩子的已经吃完了。

第二个的还剩了一点点。

只有第四个的还拿在手上没有动。

第五个，不用说，根本没有拿在手里。

最后，从语言运用上看，好多地方有古典小说、甚至戏曲台词的风格：

第一，刻意追求前后句相对。

有二伯的草帽没有边沿，只有一个帽顶，他的脸焦焦黑，他的头顶雪雪白。

尤其"雪雪白"一词，不符合现代汉语的习惯，可能是为了和"焦焦黑"相对应。这种现象在一般的小说写作中没有，在诗歌创作包括古代戏曲台词中却常见。

第二，数词的运用。

公鸡三两只，母鸡七八只，都是在院子里静静地啄食。

这样的句子很可能是受到辛弃疾"七八个星天外，两三点雨山前"的影响。

第三，很多宽式叠字的运用，增强了全书的节奏感。

> 哪个乡、哪个县、哪个村都有些个不幸者，
> 瘸子啦、瞎子啦、疯子或是傻子。

萧红的古诗修养源于她祖父的口传，《呼兰河传》里就有描写。

既然谈到了萧红这部诗性浓厚的小说，就不妨说一说下述事实：萧红生于 1911 年，于 1942 年去世；新美南吉生于 1913 年，去世于 1943 年。不谈中日两国所走的近代化道路，只谈谈广义的 1910 年以后的东北亚：中日局势动荡混乱，都在朝着近代化国家的方向迈进。农村，不管是水乡、山区还是草原文化边缘的农村，都受到工业文明的冲击，农村"人"的生存与生活应该在文学中得到关注和反映。描写农村的大作家在中日两国应时而生。在日本文学史上，芥川

龙之介的短篇小说《一块土》（又译《一块地》）写的是农村题材，但这不是芥川的代表作。日本文学史上，除了新美南吉外，没有一个作家能用如椽巨笔在"和纸"上绘出视角广阔的农村生活图景。在中国文学史上，可以列举出许多 20 世纪上半叶的农村题材作品：茅盾的《春蚕》《秋收》《残冬》，叶圣陶的《多收了三五斗》，赵树理的《小二黑结婚》。但是，这些作品的影响力显然不如《呼兰河传》。

从文学史发展的角度，中国古代有诗歌（韵文）、散文（非韵文）都达到很高成就的作家，比如苏轼。在近代，散文和小说已经各自独立。随着文学史的发展，诗歌和小说两种文体不可能毫无关联地发展，两种文体可能在某一个天才作家那里汇聚成并举的两块奖牌——由历史和读者授予作家本人。至于这两块奖牌的色泽和大小、质地有何细微差别另当别论。每个民族的文学史上都会出现这样的作家。在他们的笔下，诗歌里有小说般的叙事，小说充满了诗性。在俄国，普希金当属此类。尽管萧红的诗歌看似零散，但总量很多。学术界对萧红的诗歌研究较少，可能还有作家性别的原因，但是谁也否认不了《呼兰河传》这部小说的诗性。在诗歌与小说的融合方面，中国现代文学史上，萧红达到了高峰。在日本，新美南吉的童话里有民族化的"俳风"——这是最日本化的诗歌。新美南吉的诗歌也是擅长叙事的，详见本书附录部分。

第二章 乡村的舞台上：
文学形象和作者心理

　　新美南吉笔下的人物有一个大的活动舞台，这个舞台是明治末期和大正时期普通的日本乡村。现有的主流观点认为：20 世纪上半期，日本的城乡差别很大。"尽管有农民的社会运动和文化运动，但是农村和城市在经济与文化方面的差距仍然没有消除。于是，到20 世纪 20 年代末期，由于经济危机的出现，农村更加贫困。'打破农村贫困'成了日本军队侵略中国大陆时喊出的一个口号。"❶

---

❶ 共同编写委员会.东亚三国的近现代史 [M].北京：社会科学文献出版社，2005：101.

在这个乡村大舞台上，也有在电视连续剧《阿信》里看到的贫困。但是，生活不因总体上的不富裕而充满阴郁，反而处处洋溢着单纯的快乐，洒满了和煦的阳光。在这里，众多的人物按照"天成偶得"的顺序在活动着。这个舞台的样子，请看《打气筒》的开头：

村子里值得看的地方太多了。

铁匠铺子、裁缝铺子、水车磨坊、煎饼铺子、木桶店，还有自行车铺子等，那可真是叫人目不暇接啊！太有魅力了，即使是站在那儿一家一家地看上大半天，也不会觉得腻歪。而且不管看上多少遍，他们那精湛的手艺还是会让人赞不绝口。

村子，是许多故事开场的舞台。根据新美南吉的童话，村里还有茶馆、煤油灯店、鞋匠铺，补锅匠、锁匠等小手工业者也可能没有成型的店铺。新美南吉的笔下并没有"面朝黄土背朝天"的农民，这是日本的社会经济结构决定的：

> 海藏和年迈的母亲住在竹林前面的小茅草屋里。母子二人靠种田为生，农闲时，海藏会出去拉人力车。

不是农活不多，是农地很少，所以，在明治晚期，农村就出现了"兼职的"人力车夫。他们和《骆驼祥子》里北平城那个庞大的人力车夫群体不一样。这些人力车夫自得其乐，没有更高的生活追求，在"等活儿"期间，零食和非赌博类的游戏能够帮助他们消磨时间，而人力车夫海藏就是他们其中之一。只不过，海藏有着强烈的公益心，为了在人流休息的地方挖一口水井而奔忙了两年多的时间。

总体上看，新美南吉笔下的人力车夫虽然也处于社会下层，但他们是快乐的体力劳动者。

在这个乡村大舞台上，生活是多彩的，农民好像在村子里不占多数，手工业、零售业也是农村经济的一部分。如前文所写，众多的铺子有趣地分散着，绝不存在所谓的"农村商业中心"。相比之下，小镇上的店铺，或者高层次的零售业只是更多，夜晚的灯光更美：

> 望着灯光，小狐狸想，原来，灯也和星星一样，有红的、黄的和蓝的啊。很快，它就到了镇上。
>
> 自行车的招牌，眼镜的招牌，还有其他各种各样的招牌。有的招牌是新涂的油漆，有的招牌像旧墙壁一样已经开始脱漆了。

除了人力车夫外，各种人物形象都值得细致分析。

鞋匠和铁匠

铁匠是匠人的一种，在工业文明彻底席卷东亚农业社会之前，一直是乡村舞台上不可缺少的一员。铁匠主要的功能是锻造农具和各类家用铁器等。中国冶铁的历史久远，但文学中铁匠的形象并不多见。李白的《秋浦歌》云：

炉火照天地，红星乱紫烟。赧郎明月夜，歌曲动寒川。

如果把这首诗描写的人物形象理解为铁匠，诗仙李白似乎离劳动人民不远。

近现代文学中，刘半农曾经写过现代诗《铁匠》，萧红写了呼兰河的很多铺子，但是没有铁匠铺；可能真的没有，也可能女性作家不关注甚至刻意远离这种特殊的匠人。冯骥才的小说《冷脸》描写的是一位"相声杀手"——不笑的冯铁匠。在欧洲文学中，自然主义作家左拉（1840—1902 年）写过一篇小说《铁匠》。这些作品，因为篇幅所限，不一一引用评析。

小林一茶的俳句中描写过铁匠：

晨霜白满道

户外铁匠忙锻造

红星散又飘 ❶

野口雨情在童谣里塑造过铁匠的形象：

当！当！

铁匠铺

---

❶ 钟放 . 日本俳句短歌新译 [M]. 北京：知识产权出版社，2020：75.

铁匠叔叔很忙

叮当！叮当！

夏日里

火花飞溅

铁匠铺里

处处烫

热和累

铁匠叔叔扛

咚乓！咚乓！

咚乓！当！

红红火火铁熔浆

铁匠叔叔热又忙 ❶

新美南吉在他的童话里也塑造了铁匠的形象。首

---

❶ 钟放 . 野口雨情诗歌选译 [M]. 北京：知识产权出版社，2020：298.

先，铁匠的业务很多。在《铁匠的儿子》中，他写道：

> 为参加修建横跨镇子的电车道工程，镇子上来了许多朝鲜人。打铁的活儿增多了，新次家的生意也就红火起来。

遗憾的是新次的妈妈早已去世，爸爸酗酒，新次的哥哥是个傻子，并非陀思妥耶夫斯基笔下的"白痴"，而是真正的智障残疾。这个家庭集中了人世上大部分不幸。然而，生活必须继续下去，生活每继续一天，就更凸显铁匠家庭氛围中的悲怆和坚韧。

穷人的孩子早当家，新次小学毕业以后，在家里干主妇该干的所有活儿。爸爸是一个酒鬼，"已经是一个年仅六十岁的老人了，个子出奇地高大"，从这些信息来看，爸爸年轻的时候也一定是非常有力量的。爸爸不是完美的人，所以无法戒酒。在童话《铁匠的儿子》里，没有描写爸爸劳动的场景，但是，有其父必有其子：

> 马右卫门忽然回来了，抽出一根作铁栅栏那么粗的铁棍，一声不吭地插进了火里。正在一个人埋头干活儿的新次没有去理他。马右卫门开始砸起烧得通红的铁棍来了，每当挥动铁锤砸下去的一瞬间，他那晒得通红的脖子上的肌肉就会一收一收的。新次欣喜地望着他，一种如同使劲拧一条湿手巾般的快感，传遍了他的全身。马右卫门也是个好样儿的！力大无比啊！

写傻儿子，其实就是间接写了爸爸年轻时候劳动的场景。这段文字里的"铁栅栏"可能是电车站的用品，也可能是私家使用物品。新美南吉笔下多次写到篱笆墙，比如：

（正九郎）笑完了，就那么躺倒在篱笆墙下。
（《打气筒》）

传统农业社会的柴门和篱笆可能需要"铁栅栏"的辅助。从这些细微之处就可以看出工业文明对农业文明的冲击。

新次的爸爸是一位没有责任感的父亲吗？显然不是，童话里写道："爸爸和新次都在拼命地干活儿。"新次刚刚小学毕业不久，年龄可能在十三四岁。那么，根据内容推断，孩子们没有了母亲，新次的爸爸丧偶已经十年左右。爸爸在孤寂苦闷的生活里没有再娶，也是为了孩子。面对现实的生活，"借酒消愁愁更愁"。新次虽然年龄小，但是比爸爸更懂得面对现实，看见爸爸瘫痪以后，他不但没有责怪和抱怨，反而买来酒让爸爸喝——爸爸活不长了，或者说，爸爸瘫痪后的生活会更加艰难。新次买酒的举动可能中国的小读者难以理解，然而，这也是整个故事的点睛之笔——新次面对现实，生活仍将继续。

小村里铁匠的数量，可能不是唯一的。在《小狐狸阿权》中还提到一位叫新兵卫的有妻子的铁匠。

鞋匠和铁匠一样干练、细致，却不需要铁匠那么大的力量。

由于业务的需要和日本农村自然环境的特点，铁匠的数量可能比鞋匠多。甚至真正的农村不需要鞋匠。夏季人们不忙的时候穿木屐，就是《小狐狸》中娇气包文六"记账购买"（妈妈过后付钱）的那种木屐，不需要鞋匠就能自行修理。冬季的爱知县岩滑新田，"猫冬期"比东北部的秋田县或新潟县短。新美南吉写了"小狐狸过冬"。

穿皮鞋的人少，鞋子的磨损小。好多从事小生意或者体力劳动的人四季都穿的是"二元五一双的草鞋"，这是新美南吉作品《爷爷的煤油灯》中提到的价格，批发价只有一元五。

新美南吉的童话《国王与鞋匠》一开篇写道：

> 有一天，国王打扮成乞丐的模样，一个人来到了镇上。
>
> 镇子里有一家小小的鞋匠铺，老鞋匠正在忙碌地做着鞋子。

鞋匠所在的位置是"镇上"，并非岩滑新田村。成年累月的钉鞋掌的声音可能直接影响到这类匠人的语言特点。鞋匠的职业属性决定干活必须麻利，说话都是又短又快。北原白秋有一首童谣《鞋匠》（日语原文参见本套丛书的《北原白秋别裁》），是短促的对话和同样短促的修鞋声构成的：

> 鞋匠，有事一件
> 请进，店小，莫嫌

　　有鞋要修，劳烦

　　明白，稍安

　　请看：

　　这里钉一钉

　　那里砸一砸

　　钉、钉、钉，笃、笃、笃

　　修完

　　新美南吉的《国王与鞋匠》主要内容当然不是修鞋，但也写了鞋匠劳动的特点：利落，没有废话，拒绝废话。故事写道：

　　老鞋匠不知道来人是国王，冷冰冰地说了一句："问别人话时，应该再客气些。"就又"嗵、嗵、嗵"地干起活儿来。

当国王一再不放弃自己的微服私访的核心问题——"国王到底傻不傻"的时候，铁匠的语气越来越粗暴，声调也越来越高。

真实的鞋匠可能就在"小狐狸买手套"的那个镇上，他的店铺可能离《小狐狸买手套》描写的自行车店、帽子店不远。不过，故事里的鞋匠有名字，尽管他没时间对国王透露这个简单的个人信息——"玛吉斯蒂尔爷爷"，这是一个西方化的名字。

异域形象与历史形象

在新美南吉的作品里，国王和鞋匠看似生活在欧洲的某个国家，因此，他们属于"虚构的异域形象"。而出现次数不多的武士则属于"虚构的历史形象"。

北原白秋、金子美玲的童谣里都有国王或者王子的形象。当然，这些形象在表面上和日本无关，在法律规定的"万世一系的天皇统治"的国家，作家的写作已经形成了习惯——不以本国皇室的生活为题材。更何况，皇室距离日本的普通国民太遥远，在战前具有"神性"。

和其他童话、童谣作家不一样，新美南吉很少写到国王和贵族的角色。国王在他的童话《国王和鞋匠》里出现过一次，但也只是"某国国王"。这位国王体察民情、关心舆论，他向老鞋匠玛吉斯蒂尔征询"对国王的看法"。

国王没有姓名，老鞋匠却留有非日本化的名字"玛吉斯蒂尔"。显然，鞋匠是主要人物，国王是次要人物。就好比宫泽贤治的《银河铁道之夜》的第一节，两位最重要的小朋友有名字——康帕内拉（优秀生，博士的儿子）和乔万尼（在印刷厂打工而耽误了学习），而主讲地理课的老师没有名字。

江户时代的日本，"苗字带刀"是武士阶级的特权，老百姓没有名字。新美南吉开始写作的时代，大正民主运动（1912—1925年）已经接近尾声。大正民主的新风吹遍了日本列岛，也波及新美南吉走过的所有地方。所以，老鞋匠的名字尽管是西化的，但这是那个时代民本思想的体现。作为百姓的一员，除了职业属性外，铁匠说话是非常有底气的，而国王的气势却越来越低。在明治时期（1867—1911年），日本的童话产量也不低，但内容里绝对不会出现国王与平民百姓这种形式的对话。这就是新美南吉作品的时代特色——对明治文学的超越。

故事中，这个远离日本列岛与日本毫无瓜葛的国王也被"儿童化"了，幼稚得像一个孩子，这是作家用自己的笔把大人物拉下神坛的一种方式。国王乔装成乞丐后，在鞋匠铺子里问鞋匠：

玛吉斯蒂尔爷爷，我想悄悄地问问你，你不觉得你们这个国家的国王是个傻瓜吗？

……

那么，你不觉得他有小手指尖儿那么一点点傻吗？

国王被迫称呼百姓的姓名，并且加上"爷爷"，这是在老鞋匠批评国王没有礼貌之后。这是作者心目中理想化的"君臣关系"。而第二句含有形象化说法的追问，给整篇故事增加了喜剧效果，也是对国王的嘲讽。

在古代日本，搜集民间对政府的看法是密探的一个任务。在平清盛（1118—1181年）统治的时代，京城就有三百余名十四岁至十六岁的少年在民间探查不利于平家的言论。❶很难保证这种职业密探不诱导老百姓说出对自己不利的话，然后把牢狱之灾强加给说

---

❶ 佚名.平家物语[M].王新禧，译.上海：上海译文出版社，2011：13.

话人。故事里这种微服私访式的探查很有喜剧效果，就为了求证"别人是否认为自己傻"。接下来，国王为了诱导铁匠说出"真话"，对他加以物质利诱，拿出了一只金表，作为可能说出的"真话"的奖励。

双方的对话一波三折，结局更是出人意料。鞋匠对面前这个啰唆的家伙已经怒不可遏：

快给我滚出去！再磨蹭，我就杀了你。你这个叛徒！世界上哪里还有比这个国家的国王更伟大的人啊！

国王的权威是有限的，鞋匠的底气是无限的，不和任何干扰他工作的人啰唆。国王呢？亲民，尽管这种亲民有些滑稽。闲来无事闹这种笑话，政绩可能好不到哪里去。

新美南吉是写童话故事的高手，整个故事没有任何铺垫，结尾和全文保持了一致的风格——喜剧式的：铁匠手握铁锤，准备和面前这个多嘴的人动武，国王逃出门去的时候，撞在柱子上，头撞出了一个大疙瘩。

在安徒生的经典作品《皇帝的新装》里，"国王是否愚蠢"是一个不用去民间查访的问题：

"这是怎么一回事儿呢？"皇帝心里想。"我什么也没有看见！真是荒唐！难道我是一个愚蠢的人吗？难道我不配做一个皇帝吗？这真是我所遇见的一件最可怕的事情。"

"啊，它真是美极了！"皇帝说。"我表示十二分的满意！"于是他就点头表示满意。他装出仔细地看着织布机的样子。

故事中，除了两个骗子和一个小孩外，皇帝和所有人一样，面对"自己是否愚蠢"和"国王是否愚蠢"的陷阱，内心的惊愕迅速转化成口头上近乎完美的掩饰——不能承认自己愚蠢。细细品读东方的《国王与鞋匠》和西方的《皇帝的新装》还可以发现，新美南吉笔下的国王形象更加鲜明生动。这当然不是说新美南吉的写作手法比安徒生高超，是因为《国王与鞋匠》只有两个人物，而《皇帝的新装》却塑造了一群人——大臣、侍卫和全城的人，"皇帝"上了标题，但他其实不是故事的最主要人物。新美南吉和安徒生还有一个共性，就是作品都进入了中国的《语文》教科书。差别是前者在小学，而《皇帝的新装》在现行教科书七年级上册。新美南吉有没有读过《皇帝的新装》呢？肯定读过，但是，《国王与鞋匠》的故事却看不到安徒生的影响。这是日本文学史上真正意义的天才式原创。

新美南吉的作品中"国王"这类异域形象是非常少的，这正说明，新美南吉的生活妙笔根基在日本。

创作对他来说，绝大多数时候根本不需要借鉴，既不需要借鉴中国，也不需要借鉴西方。新美南吉可能是未来最能在世界文学史上代表日本的作家。

初步了解日本的读者，都知道武士在这个国家历史上的重要性。1192 年，源赖朝受封为"征夷大将军"，开启了镰仓幕府时代。武家政权在日本持续了七百余年。镰仓幕府（1192—1333 年）之后是室町幕府（1336—1573 年）和江户幕府（1603—1868 年）。明治维新以后，日本政府推行文明开化和四民平等，武士的特权被取消。

新美南吉笔下的历史形象有且只有武士。他笔下的小和尚不是历史上任何高僧的再世，而是普通得不能再普通的顽皮的天性未泯的孩子。也没有证据表明他喜欢古典美女或者喜欢日本古代文学。在《去年的树》这个译本里，武士只出现在两篇童话里——《糖球》和《变成了木屐》。后者的时间是"从前"，姑且理解为武士没被剥夺身份的时候吧；前者的时间是"一个温暖的春天"，时代不详。

《糖球》这个故事除"武士"外，还有一个关键词"母爱"。新美南吉幼年丧母，几乎没有体会过母爱。有好多作家会无意中把自己最缺少的、最渴望的东西表现在作品里，新美南吉也是如此。他笔下的小朋友总是对妈妈无比心疼，又无限依赖；而妈妈总是不厌其烦，尽力保护与耐心说教。人类的母子如此，狐狸的母子也是如此。

在《糖球》中，在渡船的小小空间里，两个孩子在妈妈面前争夺仅有的一粒糖球，这是非常生活化的场景。睡觉的武士被吵醒，发怒了，妈妈害怕了：

母亲吓得面无血色，紧紧地护住了两个孩子。她以为武士要杀掉两个孩子。

结果，出人意料的事情发生了：

　　"把糖球给我拿过来！"

　　武士命令道。

假设渡船上是两名争夺鸡腿的壮汉，最后他们肯定谁也吃不着，将是武士"得利"，并且宣称"自己饿了好久"。那也是一个庸俗但完整的故事。

现在是两个孩子争夺一粒小小的糖球，这武士刀法了得，把糖球放在船帮上，一刀下去，稳、准、轻地将糖球劈成两半，解决了母亲解决不了的问题，然后继续睡觉。这是新美南吉笔下日本式的"小团圆"，这种结尾在已经翻译过来的新美南吉童话中比较多——与之不同的是《小狐狸阿权》的"悲剧式"结尾和《钱坊》的"惆怅式"结尾。

《糖球》中的武士带着刀（日语：かたな），此外，

就没有任何武士的特点了。谁都可能在渡船上睡觉，谁都有可能因为被吵醒而发火，"留黑胡子、身材魁梧"也不是武士的本貌特征。而他的刀法纯熟，做事果断，这算是日本旧时代的传统吧，这种传统在作者精心安排的一个故事里发挥了作用。作为男性，这个武士也不可能在公开场合表现出喜欢小孩的柔情。用一把长的"武士刀"劈糖球让整个故事带上喜剧色彩，大大减少了武士的杀伐之气。故事发生的时间是"一个春天"——这种模糊的时间淡化了武士的历史色彩。武士和一位妈妈"同船渡"是在用文学的方式展现"四民平等"，而故事里的武士正在走向新的生活。

研究中外文学，我们总是在某位作家的作品里搜寻蛛丝马迹：这位作家对哪位古人感兴趣，受到哪位古人的影响？对于新美南吉来说，这一切都是徒劳的。仔细分析《糖球》中这位武士的"温柔一刀"，就会得出结论：新美南吉继承了日本的传统，而且是成功地继承了日本的传统，因为他摆脱了好多日本旧的东西，大步开拓向前。

乡情和亲情

在岩滑新田小村这个舞台上，春种秋收，瓜果飘香，牛羊兴旺。有心思悔改的小偷小摸，没有奸淫图财的大奸大恶；有善良的淘气包，没有包藏祸心的伪君子。舞台上的一幕幕轻喜剧洋溢着轻松的氛围。

在诗歌《弟弟》中，作者用饱蘸感情的笔抒发了欣赏弟弟照片后普通家庭的快乐。同父异母的弟弟在沿海小村打工，前途不好，工薪又少，但是亲人的牵挂是一种难得的幸福。没有哪一个故事是单独描写乡情和乡村人际关系。纯朴的乡情和浓厚的亲情充满在新美南吉童话与诗歌的字里行间。

在《打气筒》中，小伙计八公在老板外出时看守店铺。小伙伴正九郎和加平若要尝试补胎就要把他引开。加平想出的办法：

> 八公是个馋猫，只要对他说加平家地里熟透了的枇杷都在等着他呢，他就会跑过去，那家伙是个名副其实的馋猫。

新美南吉有一首诗名为《枇杷花开》,在他的家乡,枇杷的产量可能不低。

在农业文明的秩序里,对"偷"的界定是不明确的。鲁迅小说《故乡》里,少年闰土说："走路的人口渴了摘一个瓜吃，我们这里是不算偷的。"而《社戏》对于不经主人允许摘取农作物果实的行为有更有趣的描写：

> 这回想出来的是桂生，说是罗汉豆正旺相，柴火又现成，我们可以偷一点来煮吃。大家都赞

成，立刻近岸停了船；岸上的田里，乌油油的都是结实的罗汉豆。

"阿阿，阿发，这边是你家的，这边是老六一家的，我们偷那一边的呢？"双喜先跳下去了，在岸上说。

我们也都跳上岸。阿发一面跳，一面说道，"且慢，让我来看一看罢，"他于是往来地摸了一回，直起身来说道，"偷我们的罢，我们的大得多呢。"一声答应，大家便散开在阿发家的豆田里，各摘了一大捧，抛入船舱中。双喜以为再多偷，倘给阿发的娘知道是要哭骂的，于是各人便到六一公公的田里又各偷了一大捧。

这段文字总计用了四个"偷"字，一个"摘"字，实则按当地农村的习惯，实在不算"偷"：阿发经过比较，认为应该偷自己家的；孩子头儿双喜认为偷阿发家的太多不好，于是，连六一公公的也"偷"了。后文，第二天，六一公公带着另外一大碗罗汉豆来"追责"，孩子们毫无愧色地承认昨天的也好吃。可见，偷豆的和被偷的都不认为这是"偷"，和少年闰土种的瓜是一样的。

阿发让大家偷自己家的豆，加平让八公偷自己家的枇杷——二者多么相似，而之所以称为"偷"，也仅仅是爸爸妈妈不知道而已。鲁迅和新美南吉两位大作家写的都是 20 世纪 20 年代本国乡村的淳朴乡情。差别也是巨大的：中国富庶的江浙地区的乡村经济也面临着军阀割据和战争的威胁，小伙伴们是否能够摆脱闰土式的命运是未知数；而经历了明治维新和大正民主运动的日本爱知县岩滑新田村可以视作临时的一片世外桃源，正九郎、加平和八公由于身体健康，符合条件，可能在成年的时候都被军国主义的机器拖向了战场。

另一个值得注意的问题是，原作中这位留下看铺子的小伙计日语名字是あやこう（写成：あや公），结合下文内容分析，这位小伙计手捧"忍术"（周龙梅译成"隐身术"）一类的书在读。本书认为，这是绰号似的名字，有"小忍者"的意思。周龙梅先生的翻译方法是借用了"八公"这个名字。"八公"在 20 世纪日本文化史上是一条有名的忠犬。1987 年上映的电影《忠犬八公物语》讲述了它的故事：

　　1923 年，"八公"出生于大馆市，它是一条纯种白色秋田犬。出生两个月后，它被孤身一人的东京大学农业系教授上野抱回家中。教授每天很晚下班，暮色苍茫中，在涩谷站的出口，他必然会看到自己爱犬的身影，"八公"每晚就在那里迎接自己的主人。1925 年，教授在学校里突发心脏病辞世。上野的亲友深知教授和"八公"感人至深的关系，有人便将一岁半的"八公"领养回家。但"八公"的心目中，它真正的唯一的主人依然是上野，因此它仍然风雨无阻地往返于涩谷车站等待它的主人归来。

译者借用这个名字不违背原文的字面意思，又突出了喜剧效果：首先，小男孩用了日本著名的小狗的名字；其次，小男孩离岗偷吃枇杷和忠犬的"忠"不相符。

乡情总是淳朴的，但亲情不总是温馨的。

童话《钱坊》的开头写道：

坦吉和哥哥，是暑假来海边的叔叔家避暑的。

全文没有透露任何关于兄弟俩的父母的信息，显然不是因为和故事情节无关。如果他们父母双全，有体面的工作和供养孩子的能力，兄弟俩就不会为了怎样才能收养一只瞎眼的小狗而发愁了。答案只有一个：他们是失去靠山的孩子，在暑假里寄养在叔叔家而已。叔叔提供一部分食宿，但又缺少温情。最明显的标志：

> 叔叔平时就不喜欢狗，他是想趁机把钱坊赶走。

> "叔叔，原谅它吧。钱坊什么也不懂，所以才能做出那样的事来……"

叔叔不肯接纳孩子们的心态终于在这只狗的问题上表现出来了。接下来，童话里的一句话向读者展示了世态人情冷漠的一面：

> 叔叔不是那么绝情的人，只是因为他不喜欢狗，才这么狠心。

　　仔细品读这句话的语气，并不是作者的视角，而是坦吉兄弟俩的视角。"叔叔不那么绝情"也可以理解为一种反语，因为没有赶走兄弟俩或者在暑假里接纳兄弟俩是暂时的，一个绝情的叔叔，谁又能保证他不会做出过分的事情？假设是一对失去父母的姐妹寄养在这里，她们的命运又会如何？她们会不会像《红楼梦》里的狼舅奸兄一样，把外甥女推向火坑？

　　《钱坊》的另一个主题是弱者的命运。

　　钱坊这只小狗可能已经遭受了多次遗弃。它出场的时候外貌如下：

　　　　那狗的一只眼睛已经瞎了，头顶上有一块铜钱那么大的黑斑，其他地方都是白毛。不过好像是掉进沟里面去了，浑身的毛都变成了灰色。

法国作家莫泊桑在小说《皮埃罗》中描写了另一只流浪狗的命运。也许，吝啬苛刻的主人各个相似，而流浪狗的形象却各不相同：

　　（小狗皮埃罗）一只长了一身黄毛的小怪物：脚短得几乎跟没有一样，鳄鱼身子，狐狸头，一条向上翘的尾巴活像军帽上的翎饰，长度和整个身长相等。（赵少侯译）

坦吉再次"见到"钱坊的时候，这只小狗的命运更加凄惨了：

　　一只瘦骨嶙峋的狗，被风推搡着，像醉汉一样，沿着冷飕飕的马路，跟跟跄跄地走了过来……那的确是钱坊。瞎了一只眼的钱坊。

坦吉看见小狗的时候，故事交代，坦吉的视角是从"二楼的窗口"，依然没有提到兄弟俩的父母，他们的生活环境如何？是楼梯间，还是小仓库？应该不是条件好的房间。

钱坊站住了，然后，抬起了头。可是，钱坊已经看不到熟悉的坦吉的身影了。因为它的两只眼睛都瞎了，只有那条长长的尾巴还在不停地摇晃着。

"钱坊，我这就来，等着我啊。"

坦吉连滚带爬地冲下了楼，跑到了外面。

然而……

当坦吉赶到外面的时候，那只瞎了眼的狗已经像风一样地消失了。

钱坊没有找到。这个故事的场景犹如电影的结尾，给人无限的怅惘和想象空间。有一种可能是坦吉由于思念小狗而出现了幻觉。钱坊根本就没有出现，怎么可能在人潮人海中被找到呢？两只眼睛都瞎了，可能是弱者坦吉担心没有生存能力的小狗活得更惨而想象出来的状况。弱者在这个世界上仿佛只能逐渐失去他们本来可以赖以存活的东西，最终无声无息地淡出人们的视野。人类中的"孔乙己"不是被剥夺所有尊严然后打折了腿吗？

莫泊桑笔下的小狗皮埃罗被吝啬的女主人扔去"啃烂泥"——送到"泥灰岩坑"，那是一个专门处理流浪狗的死刑场：

坑底是两条狗了，全都饿着肚子，眼里发光。它们相互窥视着，互相追随着，都提心吊胆，迟疑不决。可是，饥饿催迫着它们；它们相互攻击，

115

打了很久，很激烈；最后强的吃了弱的，活生生地把它吃下去。

日本的钱坊最终的命运不会比法国的皮埃罗更好。

新美南吉的好多作品都是含义丰富，可以进行多重解读。

近些年，"流浪狗"的生存问题频繁冲上热搜，有被集中处理的不用讲大道理，这篇作品的"动物保护、善待宠物"的意义也体现出来了。

钱坊在哪里流浪无人知晓，而曾经收养钱坊的坦吉也命运前途未卜。

在《钱坊》这篇故事里，叔叔的形象也是值得注意的。当他要赶走小狗钱坊的时候，婶婶——叔叔的妻子也在劝他而没有任何效果。这是一个蛮横的家长、自私的小市民（公司职员）的形象。他应该称坦吉和哥哥为"侄儿"。如果两个侄儿在某些地方出现一大笔遗产，这位叔叔很快就会摇身一变，变成日本版的老葛朗台。在阅读《欧也妮·葛朗台》的时候，老葛朗台那句"我亲爱的侄儿"可能会让读完这部名著的好多读者起鸡皮疙瘩。

既然"亲爱的侄儿"无利可图，那么就休想给他再添加任何麻烦。坦吉的叔叔在新美南吉的作品里是不惹人注意的角色，然而，仔细分析就会发现，这位叔叔存在于人类社会的好多角落。如此一个次要的角色也有超越时空的意义，这就是新美南吉作品的伟大之处。

当读者和学者在感受岩滑新田这个乡村大舞台上浓厚的乡情和亲情时，不要忘记：新美南吉这位大作家不因故乡的美丽和人世的温暖而忽视人性中的阴暗面，他用老少皆宜的笔调，用讲故事的方式把这种阴暗和冷漠描写出来。新美南吉的作品里甚至不能缺少

"叔叔"这样的人。如果不写人情的冷漠和人性的阴暗，读者读久了可能感觉岩滑新田小村不过是一个鸡犬相闻、父慈子孝的日本版世外桃源。如果那样，新美南吉在世界文学史上的贡献就要大打折扣。新美南吉留下的绝不仅仅是写景写人的好词好句，更不是普通语文教师都会虚构的普通故事。

生育的心理

作家和他们的孩子是文学研究的一个角度。萧红经历了两次生育的痛苦，鲁迅爱孩子但不想让孩子当"空头文学家"，丧子之痛让潇洒飘逸的郁达夫大受打击。新美南吉无妻无儿，但是他的作品里透露出他对生育和孩子的看法：他渴望做一个父亲。

在《和太郎和他的老牛》里，已经"休妻"的和太郎面对着"无后"的尴尬：

　　没有娶媳妇儿的和太郎有一点遗憾之处，那就是没有孩子。

　　母亲年纪大了，身体渐渐地缩小了。和太郎现在虽然是个壮年汉子，但很快也会变成一个老头子的。

　　和太郎常常想，媳妇儿有没有都无所谓，但是很想要个孩子。

　　"很想要个孩子"，是新美南吉的真实想法。他不可能没渴望过美好的爱情，只是没有缘分，随着健康的恶化，"很想要个孩子"的想法依然没有磨灭。写在作品里，是"实现"愿望的最简单方法。在诗歌《走出斗室》里，超凡脱俗的诗人，内心泛起了对世俗生活的渴望：

走出斗室

离开书房

看一看世界上的

热闹景象：

……

夜幕降临

每家店铺

都把灯亮

妻子做料理

孩儿在怀上

一家人

其乐融融

把晚餐分享

生育孩子是人类的正常愿望。后来，在童话《和太郎和他的老牛》里，和太郎最后得到了一个小孩——

日本版的"牛天赐"。中国版的老舍笔下的牛天赐是捡来的，养父姓牛。而《和太郎和他的老牛》是牛和赶牛人都喝醉了以后，第二天在牛车上出现的。根据故事情节判断：牛车曾经掉进过水沟。这个取名叫"和助"的小孩，给了和太郎安慰，更给了读者安慰。

第三章　日本农村生活的小百科全书

　　世界名著都是杰出作家写出的本民族某个时代的百科全书。研究日本文学这么多年，初读新美南吉的作品到现在也有十年了，究竟如何确定日本文学在世界文学史上的坐标，新美南吉的诗歌与童话的价值究竟独特在何处，这是学术界应该思考的问题。

　　新美南吉的诗歌与童话是 20 世纪前四十年日本农村生活的小百科全书。这样说不是想给学术结论留有余地，因为"大百科"这种评价是没有什么意义的，我也还没听说有人称《红楼梦》是中国的大百科全书。日本文化本身就是一种"缩小的"追求精致的文化；

中国文化的包容性强，但是，这些年我们也有体会：凡是带有"大"字标签的运动或者文化现象，对中华民族的复兴未必是好事。新美南吉在短暂的二十九年生命历程里，见证了日本爱知县农村的方方面面。当然，他的写作事业并非事无巨细。他不是没关注城市，也不是没有以那五年左右的城市生活为背景的诗歌或者童话，但在总量中是少数。

新美南吉在诗歌与童话里描写了数十种植物、十余种小动物和昆虫，那个时代日本农村生活的衣、食、住、行，无一不在他笔下有所反映，风俗习惯、丧葬节庆也都有所提及。

前文已经提到，他用看似无意的笔描绘了日本农村生活背后的大历史。这些影响日本社会发展乃至东亚国际局势的大事主要是文明开化和日俄战争。下面，就从"文明开化"开始，梳理这部"小百科"的条目。

文明开化对农村的冲击

1868 年，日本步入了明治时代，全面推行西化政策。

"文明开化"一词最早源于福泽谕吉在 1875 年出版的《文明论概略》。早些年，我在大学听宋成有先生讲《明治维新史》课程，对"文明开化"印象深刻，主要是内容非常有趣。"文明开化"作为社会运动最能代表日本吸收外来文化的特点，最初的确是流于形式和表面，先生举的例子是：那个时代的某些日本人，礼帽、上衣、裤子、皮鞋和嘴里的外语分别来自五个欧美国家。不过，文明开化的积极意义是非常大的。日本从形式到内容都积极地吸取西方文化，向旧时代的一些陋习告别，至少是努力告别。

《爷爷的煤油灯》写的是一个农村孩子在文明开化的大背景下努力奋进的故事。值得高度评价的是，作者赋予"文明开化"以更为积极的含义:不能抱住"小我"不放,要不断更新和学习,跟上时代。故事中的爷爷回顾年轻时候的经历,总结说:

　　日本进步了,自己过去的生意没用了,就应该干干脆脆地放弃。总是小气地抱住过去的生意不放,总是说还是自己生意兴旺发达的年代好,仇恨社会进步,这种没有志气的事情再也不能做了。

在文明开化的背景下或者说当日本酣畅淋漓地吸收外来文化的时候,文化是多元并存的。煤油灯依然有很大的市场,就表现了这一点:

　　岩滑新田装了电灯以后,还卖出了五十多盏煤油灯呢!岩滑新田南面有一个叫深谷的小村子，至今还在使用煤油灯呢。另外，还有几个村子很晚还在用着煤油灯。不过，我那时毕竟还年轻力壮，一时冲动，也没有多想，就不顾一切地蛮干起来了。

从今天的视角来看，煤油灯并不代表着落后，只是一个时代的象征而已。对于并存的物质文化形态轻易地下结论说"某种灯落后某种灯先进"是对文化发展史不负责任的说法。电力的普及需要一个过程，而煤油灯代表的那个时代并不存在能源的高消耗和环境污染。《爷爷的煤油灯》主要传达给读者文明开化时代一种积极的心态，无法统计这种积极心态者在明治日本的比例，但这代表着作者的一种理想。

新美南吉的童话更为读者如何认识农业文明提供了一个视角，在任何经受工业文明冲击的国家，农业文明绝对不代表着落后，更不等同于贫穷。煤油灯并没有遗弃，有一盏旧煤油灯被爷爷保存起来了。在农村，煤油灯也是经历了缓慢过程才被很多人遗忘的。

大正晚期和昭和初期的日本城市，物质文明继续发展，诗人的心灵受到城市生活的重压。他创作的诗歌《去年的外套》《下课铃响了》《走出斗室》主要的基调就是表现这种重压下的不安。其中，只有《走出斗室》的风格略显积极。《去年的外套》表现的是对妈妈的思念和不追求物质生活的信念；《下课铃响了》体现了诗人在心灵上和学生之间那种微妙的隔阂。诗人在城市生活中的心情正好用他自己的一首诗题《像破旧的鞋子一样难过》概括。诗歌翻译尤其诗题翻译固然应该惜墨如金，但受汉语语言习惯的影响，"破旧的鞋子"不能简译成"破鞋"。

本书评价新美南吉的作品是"日本 20 世纪上半叶农村生活的小百科"，也是想指明今后阅读新美南吉的一个新方向，除了品味有趣的故事之外，还要理解特殊时期别国的农业文明，进而理解我国的农业文明。

日俄战争带来的悲剧

1904 年爆发的日俄战争是第一次世界大战的"预演"，日本背后是英、美的支持，俄国背后是法国的援助。这场大战对东北亚国际关系影响很大，甚至影响到中国东北、朝鲜半岛和日本列岛的主要城市乃至许多普通的村落。新美南吉生活的岩滑新田小村也感受到了日俄战争的硝烟。童话《音乐钟》里的少年阿廉和背离父亲的小偷周作之间的对话向读者提供了很多信息：

> "嗯，离我家很近，所以我常去（那家药店）。我跟大爷很要好。那个大爷是日俄战争的勇士，他的左胳膊上还留着子弹的伤痕呢！"（阿廉）

"是吗？"（周作）

"不过，他怎么也不肯给我们讲日俄战争的事。"

"是吗？"

"大爷说俄国使用了机关枪。"

"是吗？"

"大爷还说，他当时昏死过去了，后来醒了，发现自己在俄国兵中间，就拼命地逃了出来。"

"是嘛。"

"不过，他怎么也不肯提那些事。他说，音乐钟是凯旋时在大阪买的。"

世界文学史上，经典的对话描写比比皆是。比如，鲁迅的《头发的故事》通篇都是对话。对话在新美南吉的童话里也占有很大的比重，并且每句都非常简短，适合儿童阅读。这样的对话描写是"东方安徒生"新美南吉和丹麦的安徒生的不同之处。安徒生的好多作品环境描写、心理描写略多，还有略显冗长的抒情句，这些都是妨碍东方的小读者全面地、愉快地接受安徒生童话的一个因素。

新美南吉是一个写对话的高手，故事里的小偷就是日俄战争的勇士的儿子，在家里偷着拿走音乐钟要去卖钱，三个"是吗"转变成"是嘛"，表现出他内心的波澜，既担心被捉赃，又对父亲有些内疚。而少年和小偷（昔日的"不良少年"）的对话，从一个侧面展示了日俄战争给日本普通家庭带来的伤害。这位药店的大爷好不容易从战场上回来，令他终生绕不过去的心理阴影是自己忽视了的既没有精力也没有能力好好教育的儿子。儿子堕落成了不良少年。很多年不回家，回家还想着拿值钱的东西去卖。

音乐钟可以看作类似于今天的八音盒之类的东西，在一百年前的日本农村，这种东西是相当少见的。

童话中的少年说自己的妹妹临死之前想听音乐钟，就向大爷借用。少年自己的家庭是否受到了日俄战争的影响呢？故事没有提及。

在日本文学上，反战文学是客观存在的。中国读者对与谢野晶子的《你可不要死去——哀旅顺围军中的弟弟》比较熟悉：

啊，弟弟，我在为你哭泣，

你可不要死去。

姊妹间你年纪最小，

父母对你慈爱尤深。

难道是父母教你

去磨刀杀人？

难道养你到二十四岁，

是要你去杀人送命？（武继平、沈治鸣译）

类似的反战文学都是从父母的期待、年轻妻子的悲哀等角度控诉战争的残酷，而《音乐钟》中，一个日俄战争从军者的孩子成为不良少年，作为父亲的从军者内疚并悔恨一生，这样的角度在反战文学中也属于创新。这样的情节更贴近普通读者的心灵。现实中，不是有很多人因为"国家大事"而忽视了对孩子的陪伴和教育，因而抱恨终生吗？

小说里写道，那位药店的大爷从来不肯提及日俄战争的往事，更说明从战场死里逃生的军人内心对战争的复杂心情。

有生命的植物群像

在新美南吉的眼中，爱知县岩滑新田村可能是全日本最天然、最美丽的植物园。在《小狐狸阿权》中，作者看似无意中写到的植物：

阿权是一只孤零零的小狐狸，它在长满了凤尾草的森林里，挖了一个洞穴住在里面。

阿权来到村里的小河堤上。狗尾巴草上的雨珠还在闪闪发光。

他（兵十）头上缠着头巾，一片圆圆的胡枝子叶子贴在脸上，就像一颗大黑痣。

坟地里，石蒜花盛开，像铺了一片红地毯。

过了十来天，阿权走过一个叫弥助的农民家后院，看见弥助的妻子正在无花果树下染黑牙齿。

在中国文学中很难想象如此多的植物描写被分散在一个故事的不同位置。如果岩滑新田村是一个"百草园"或"植物园"，中国作家也会集中性地书写大环境，然后进入叙事。

花草如果在《源氏物语》这样的古典小说中出现，随之而来的可能是书中人物吟出的和歌。花草在俳句中频频出现也是可以理解的，原因之一是俳句对季语的要求。但是，很少见到有近现代作家在笔下不厌其烦地写不同的植物。这说明，在短暂的二十余年的生活中，新美南吉发自内心地热爱着故乡的一草一木。

《小狐狸阿权》中的最后一个例子，农民的妻子用无花果树染黑牙齿，是为了美和参加重要活动时的形象。

在古代，日本以及一些东南亚国家以"黑牙齿"为美，女性在成人礼、结婚时都会将牙齿涂画成黑色。这不仅是贵族身份和地位的象征，同时也是女性美的一种展示。

日本染黑牙齿是一种文化的传承。在平安时代，到成年或者将近成年，女性都会将齿染黑。但是，染黑齿不需要一定的仪式，只是像化妆一样，由女性利用空闲时间自行进行。据文献记载，画眉和染黑齿可能是同时进行的。《源氏物语》中说紫儿（又称紫姬、紫上）"因其祖母严守旧俗，向来不染黑齿。此时终于将齿染黑，并加化妆，眉亦悉数拔去，重画一番，见之清丽可爱"❶。

这些植物的出现，多数情况下和故事情节发展无关，但也丝毫无累赘之感。这可以看作日本俳句与童话故事的融合，增加了童话故事的美感，尽管中国的读者无论是成年人还是孩子，可能很少注意到这些植物的名字。

植物的果实或者叶子成为新美南吉诗歌的主要意象：梨、苹果、枇杷、球根、柑橘、乌桕树、雏菊、报春花。有些诗就是以植物的名称为题，如《梨》《苹果》等。童话中的植物还可以举出赤杨树、罗汉松、金雀花（英国史上有金雀花王朝）和蜂斗菜等。

---

❶　池田龟鉴. 平安朝的生活与文学 [M]. 玖羽，译. 成都：四川人民出版社，2019：197.

植物的名字在中国文学和西方文学中多数都有象征意义。比如,《红楼梦》第六十二回里,酒令游戏时,麝月抽到的签上有一句宋诗:开到荼蘼花事了。荼蘼是春天最晚开的花,荼蘼谢了之后,夏天即将来到。荼蘼象征着由盛而衰。《爱莲说》语云:"菊,花之隐逸者也;牡丹,花之富贵者也;莲,花之君子者也",说的都是植物的象征意义。

品种繁多的植物在西方文学中也不可忽略。《莎士比亚的植物志》开篇写道:"从威廉·莎士比亚的作品中可以看出,他对植物学非常熟悉,无论是花卉、草木、水果或蔬菜,都包括在内。他甚至还意识到植物在都铎时期的日常生活中扮演了重要角色。"❶ 接下来,该书引用了《罗密欧与朱丽叶》的一段台词:

---

❶ 玛格丽特·威尔斯.莎士比亚的植物志 [M].王睿,译.北京:人民文学出版社,2019:1.

　　　天生下的万物没有弃掷，

　　　什么都有它各自的特色，

　　　石块的冥顽，草木的无知，

　　　都含着玄妙的造化生机。

　　　莫看那蠢蠢的恶木莠蔓，

　　　对世间都有它特殊贡献。

　　《莎士比亚的植物志》的作者分析了莎士比亚笔下出现的植物的象征意义、文学典故、医学和食用价值等。这些植物包括苦艾、紫罗兰、胡萝卜、醋栗、雏菊、杏和苹果等。

　　新美南吉不是一位植物学家，他有四年时间是在大学受外国文学的教育，他对植物的全部认知用一个字概括就是"美"；而宫泽贤治与新美南吉不同，他是受农学教育的，蔬菜以及各种植物除了作为文学意象和审美价值之外，还可以食用、药用或者科学研究。

新美南吉的诗歌与童话中出现了很多植物，真的都有象征意义吗？未必，甚至可以说有象征意义的是少数。无象征意义的植物就像看似微不足道的小碟子点缀在一桌文学盛宴中，缺了也成席，也有童话故事，但不再有那么浓厚的日本风格。

植物是有生命的，在文学家的眼中当然更是有生命的，但文学意义的生命还包含着是否在故事里被拟人化。西方儿童文学中的植物常被拟人化，拟人化意味着植物至少要讲人类的语言甚至有人类的个性。安徒生的作品可以列举出《枞树》，小小的枞树渴望长大，不停地向周边表达这个愿望或者为此而自言自语。即将被砍伐使用的时候，他兴奋地来了一大段独白：

这比在海上航行要好得多！我真等待得不耐烦了！但愿现在就是圣诞节！现在我已经长大成人了，像去年被运走的那些树一样。啊！我希望我高高地坐在车子上！我希望我就在那个温暖的房间里，全身打扮得漂漂亮亮！那么，以后呢？是的，以后更好，更美的事情就会到来，不然他们为什么要把我打扮得这样漂亮呢？一定是会有更伟大、更美丽的事情到来的。不过什么事情呢？啊，我真痛苦！我真渴望！我自己不知道为什么要这样！

这样的语言描写源于西方注重演说的文化传统。在当代中国的童话里，飞禽走兽、风云雷电和小溪大江常有拟人化的语言，通"人语"的植物却不多见。在严文井的《向日葵和石头》里，说话的居然只有石头，他用语言鄙视着向日葵的成长，向日葵一声不吭地用行动回击着石头。❶

---

❶　严文井. 严文井童话寓言集 [M]. 北京：人民文学出版社，1988：19-23.

新美南吉的作品里的植物没有被拟人化，也缺少象征意义，这确实沿袭了日本俳句创作中的"意象未必带有情趣"的传统，这是一种日本式的唯美主义，而这种唯美主义又不同于谷崎润一郎那种包含着世态人情、感情纠葛甚至性爱的唯美主义。在新美南吉的笔下，俳句这种独特的诗歌以独特的方式和童话故事相互融合，也可以称为故事里的一种诗性吧。

日本版的"动物志"和"昆虫记"

在小动物和昆虫方面，新美南吉的作品也可以视作"动物志"加上日本文学版的"昆虫记"：蝉、蜻蜓、蟋蟀（螽斯）、蝴蝶，还有不知名的"不见其虫只闻其声"的《虫鸣》。新美南吉的笔下也有蚊子——尽管蚊子不是故事的主角：

雨过天晴。净福院后面的竹林里，蚊子在嗡嗡地叫。月亮一出来，照得湿淋淋的竹叶闪闪发光。——《变变变》

他笔下的小动物有蜗牛、狗熊、故乡在北海道的熊、蛇、母鸡、麻雀、耕牛、小牛犊、青蛙、鲸鱼、鹿、狮子、兔子、乌龟、黄鼠狼、狸子、狐狸和小猴子等。许多动物成为文学意象可能是在日本文学史上的第一次。

新美南吉的笔下还有数不清的代表着日本的"海之幸"的鱼类。

童话和诗歌中最重要的角色是狐狸。《小狐狸阿权》《小狐狸买手套》已经成为童话经典。

可以沿着植物意象频繁出现这个思路，来看新美南吉作品中的昆虫和小动物。

中国古代描写蝉的诗歌最有名的有三首：

垂緌饮清露，流响出疏桐。

居高声自远，非是藉秋风。

——虞世南

西陆蝉声唱，南冠客思深。

不堪玄鬓影，来对白头吟。

——骆宾王

本以高难饱，徒劳恨费声。

五更疏欲断，一树碧无情。

薄宦梗犹泛，故园芜已平。

烦君最相警，我亦举家清。

——李商隐

几位不同时代的作者用生花妙笔从不同角度描写蝉，慨叹人生的凄凉和身世的浮沉。

关于蝉，清少纳言在《枕草子》中只留下一句："蝉，也很有趣。"看似惜墨如金，也可能贵族的宫廷生活要远离吵闹吧。

日本俳句中，蝉或蝉声是频繁出现的，最有名的句子是松尾芭蕉的：

闲かさや岩にしみ入る蝉の声

陆坚译作：

寂静似幽冥，

蝉声尖厉不稍停，

钻透石中鸣。

卢纶《塞下曲》云："林暗草惊风，将军夜引弓。平明寻白羽，没在石棱中。"《塞下曲》写的是李将军的力量，取材于《史记·李将军列传》。

蝉鸣在物理学上当然不能钻入石中，就连李将军的

飞箭能否射入石头只怕现代人也很难验证。陆坚先生认为这首俳句以动写静，突出了静，是动静结合的典范。❶

中国社科院民族研究所邸永君在《永君说生肖·（附录二）蝉士奇缘》中生动地描写了金蝉脱壳的过程。这是我见到的非常独特的一篇描写蝉的散文，非有亲身细致的观察和优美的文笔而不能成就。新美南吉描写蝉的作品更为独特，在一首诗中写了蝉声——蝉破土的声音，写了蝉动——金蝉脱壳的动作，接下来才是真正意义的蝉鸣：

"咕咚"一声响

鸣蝉要雄起

明月静无息

鸣蝉破土去

---

❶ 陆坚，关森胜夫. 日本俳句与中国诗歌 [M]. 杭州：杭州大学出版社，p.135.

合欢树下有根基

微微飘香气

花香土亦香

香气雾迷离

鸣蝉离了地

脱壳——

一出好戏

明月静无息

吱——吱——

穿破香气

声乍起

　　短短数行，诗人笔下的蝉完成了"破土—脱壳—鸣叫"的"三部曲"，这首诗的特殊性还在于作者在气氛烘托上用了笔墨，香气、月光、合欢树让"金蝉脱壳"多了几分仪式感。

除了蝉之外，作者选择的特殊的动物意象还有鲸鱼和蛇。

日本作为北太平洋地区的海洋国家，在历史上就有捕鲸的传统。但是，在第二次世界大战以后，捕鲸作为一种商业活动和危害海洋动物生命安全的行为越来越受到国际法的限制，日本则对外强调自己的特殊性，对一些国际组织的谴责无动于衷。新美南吉的《鲸鱼的故事》，反映了当时的"海洋生产力"——没有现在大规模的机械船作业，描写的是捕鲸者"渔舟唱晚"一般的悠闲生活，读来令人回味。若考虑到日本是海洋国家，《鲸鱼的故事》可以视作新美南吉作品中少有的海洋文学。海洋国家的作家海洋题材写得少，正说明他创作的根基深深地扎在爱知县岩滑新田村。

人力车、电车、火车和自行车（脚踏车）

在新美南吉生活的时代，日本国内能乘坐的主要交通工具有人力车、电车、火车和自行车等。根据新美南吉的诗歌，他和同时代的孩子一样，在修学旅行中乘火车去远的地方学习和参观，那是非常愉快的经历。有关诗歌请见本书附录部分。

电车在那个时代已经通向村镇，诗歌《春天的电车》描写了这种新式交通工具给城镇和乡村的人们的生活带来的变化。这首诗有浓厚的时代气息，因而在译文中被排在第一位。

此外，童话《铁匠的儿子》中写道："为参加修建横跨镇子的电车道工程，镇子上来了许多朝鲜人。"

在中国国内能够找到的关于人力车的史料并不多。

人力车是明治维新开始以后发明的，不久就被引入上海，最初被称为"东洋车"。人力车成为旧时代中日两国都常用的一种交通工具，在文学作品中也有许多人力车夫的形象。在樋口一叶的小说《十三夜》的结尾，女主角阿关发现拉车的车夫竟然是青梅竹马的高坂录之助。最有名的车夫形象是中国的"骆驼祥子"，在小说《骆驼祥子》中，作者详细描写了人力车，因为这是整部小说中最重要的道具：

> 这么大的人，拉上那么美的车，他自己的车，弓子软得颤悠颤悠的，连车把都微微地动弹；车箱是那么亮，垫子是那么白，喇叭是那么响；跑得不快怎能对得起自己呢，怎能对得起那辆车呢？
>
> ……
>
> 祥子的一扭腰，一蹲腿，或一直脊背，它（这辆车）都就马上应和着，给祥子以最顺心的帮助，

他与它之间没有一点隔膜别扭的地方。赶到遇上地平人少的地方，祥子可以用一只手拢着把，微微轻响的皮轮像阵利飕的小风似的催着他跑，飞快而平稳。

这并不是一篇说明文，然而，仔细读到结尾也会注意到，人力车的轮子是皮的。人力车是从诞生起就如此吗？当然不是，新美南吉的童话《爷爷的煤油灯》里写道：

人力车是要人拉的，跑不快。再加上岩滑新田与大野之间有座山岭，所以就更花时间了。况且，那时候的人力车还是笨重的铁轮子，跑起来咯噔咯噔直响。因此，急着赶路的客人便会出双份的报酬，叫两个车夫拉车。巳之助被叫来帮着拉的车，也是一位急着赶路的避暑游客。

那么，究竟什么时候人力车开始装上了皮轮呢，这方面的史料比较缺乏。可能是中日两国的人力车各自有了一些所谓的改进。不管怎样，在大学听《明治维新史》课程的时候，我印象深刻的是，宋成有先生是将"人力车"作为文明开化的阴暗面介绍给学生的。

从小说《骆驼祥子》推断，人力车夫是那个时代大城市社会下层的重要职业。而从新美南吉的童话来看，日本小镇上的很多人力车夫是兼职或者季节性职业。由于电车等市内交通发展迅速，人力车夫在日本大城市也没有中国那样庞大的群体。

乡村有了修车铺，说明自行车（脚踏车）的使用量已经增加。但是,《打气筒》的线索是"打气筒"——自行车不可缺少的备品,《打气筒》的主角渴望的是像游戏一样操作补胎，而不是骑车兜风，所以，自行车本身反而连这篇故事的重要道具都算不上。

和修自行车相联系的是一种滚铁环游戏。新美南吉的作品《滚铁环》将这种游戏写得妙趣横生，这种游戏在《长白山民俗丛书·民间儿童游戏》中也有记载，记作"骨碌圈"：

孩子们用一把自制的铁钩，推着一只铁圈儿，满大街小胡同地骨碌跑着，发出悦耳的哗啦声。为了让响声更大更动听，孩子在大铁圈儿上有加上一两只铁丝圈。

山里孩子骨碌圈儿去上学，三五里的路程，一会儿就跑到了。❶

这段引文中的"铁圈儿"，就是新美南吉笔下的"铁环"。中国游戏里的"铁环"有好多是取自废旧的

---

❶ 吉林省地方志编纂委员会.民间儿童游戏 [M].长春：吉林大学出版社，2009：72.

自行车车轮。中国曾经有"自行车王国"之称，折旧弃用后车轮发挥了新功能而已。取自旧车轮的"铁环"可以称为"大铁环"，而自制的铁环一般略小。为翻译新美南吉的《滚铁环》，我曾经在山东省青州市专门购买"铁环"体验生活，寻找感觉。所幸最终落笔还算满意。

乡村的婚姻和丧礼

没有结婚成家就英年早逝的作家比比皆是，新美南吉是其中一位。而这样的作家如果不是受父母影响太大，一般不会在小说或诗歌中写婚庆场面或者婚姻生活，很难想象萧红或者丁玲那样的女作家会写出类似于《结婚十年》这样的小说。在新美南吉的笔下，有节庆活动的场面（诗歌《月光下的节庆》），有夜庙会结束后的故事（童话《小狐狸》），没有婚庆。《和太郎和他的老牛》写的和太郎和他的媳妇儿，已经是着墨较多的一对夫妻。

《和太郎和他的老牛》写了两人结婚后短暂幸福的时光，然而年轻的妻子在吃饭时受不了婆婆的瞎眼睛，最终，从小和妈妈相依为命的和太郎决定"离婚"。离婚当然不会成为童话故事的重点，但是这个情节的文化意义也要认真分析：他们分手的过程似乎没有经过"法律程序"。请看夫妻两人的对话：

　　媳妇儿擦着手从厨房里走了出来。

　　"你不是想过几天有事回娘家吗？"

　　"是啊。"

　　"那你今天，现在就回去吧。"

　　能回自己久别的娘家，媳妇高兴得不得了，马上就换上了好衣裳。

"娘家没有竹笋吧？带些去吧，蜂斗菜也多拿些。"

和太郎说。

媳妇儿抱着一大包礼物，出了大门，说：

"那我去去就回来。"

"啊，你走吧，也不用再回来了。"

和太郎说。

媳妇儿惊呆了。但是，和太郎决心已定，无法再改变了。

简短的文字，把媳妇儿最初的喜悦与后来的惊愕、和太郎的"绝情"表现得淋漓尽致。可以推断：和太郎的态度在当时的农村社会相当于"休书"，离婚已成既定事实。瞎眼残疾的母亲，年轻勤劳的妻子，这是一种中国式的两难。中国文学常见的是大团圆结局，男主角既尽了孝道，又维护了家庭。而日本文学，不论民间故事还是现代小说在情节安排上都会有冷血似的决绝安排。离婚，维护孝道，可是和太郎后半生的苦难和寂寞呢？作者安排和太郎送酒渣给醋店过程中的一系列喜剧和奇遇，用日本版的"牛天赐"来冲淡（《牛天赐传》是老舍的长篇小说）。

在樋口一叶的小说《十三夜》里，女主角阿关回娘家表达了离婚的想法，父亲表示："讨来休书是可以，但从今以后太郎是原田家的孩子，你是斋藤家的女儿，一旦断了母子关系就不能再去瞧他了。"在明治和大正时期的日本，无论乡村和城市，事关离婚，男方的态度非常重要，并且女性的好多权利是得不到保障的。

多数人经历过婚丧嫁娶，更难免生老病死。文学中的人物当然也是如此，有哪位大作家不曾描写过丧礼呢？秦可卿出殡让贾府"倾其所有"；虎妞的死让祥子忙得"像傻了一般"；《子夜》一开场，吴老太爷受不了上海强烈的声、光、电的刺激，与世长辞，在小说的第二节就"必须安排"丧礼。

在新美南吉的笔下，也有丧礼，甚至丧礼的细节。这位体弱多病、英年早逝的作家在生命的最后几年多次谈到死亡的话题，并且用文学的方式加以表现。

在《小狐狸阿权》的第二节，作者用很多笔墨从小狐狸的视角写了兵十妈妈的葬礼。在葬礼前，村里的女性在整理自己的仪表：弥助的妻子在染齿，铁匠新兵卫的妻子在梳头。小狐狸阿权看到：

只见快要塌了的小房子里聚集了许多人。衣着整齐、腰里披着手巾的女人们，正在门外的灶前烧火，大锅里不知咕嘟咕嘟地煮着什么东西。

……

过了中午，阿权跑到村外的坟地里，躲到了地藏菩萨的背后。天气晴朗，远处城楼上的瓦片闪闪发光。坟地里，石蒜花盛开，像铺了一片红地毯。这时，从村里传来了"当当"的钟声，这是出殡的信号。

很快，身穿白色孝服的送葬队伍就走了过来。渐渐听到了说话声。送葬的人们走进了坟地。他们走过的地方，留下了一片被踩倒了的石蒜花。

阿权直起身子察看。兵十穿着白色的丧服，捧着一块灵牌，平日里像红薯一样健康的脸，今天却显得无精打采。

从这段文字中可以推断，作者家乡传统的下葬仪式可能是在下午举行。另一个值得探究的问题是石蒜花的象征意义。石蒜花又叫彼岸花（ひがんばな），译者为了回避死亡和忧伤，而故意用"石蒜花"而不是后者。传说彼岸花是一种自愿投入地狱的花朵，被魔鬼遣回，但仍徘徊于黄泉路上。众魔不忍，就同意让她开在路上，给离开阳间的人们一个指引与安慰。

还有一种说法，这种花开在秋分节气的前后三天，日本将这几天称为秋彼岸，都是祭奠逝者的日子。红色的彼岸花又叫曼珠沙华，是《法华经》中的四华（花）之一。相关记载很早就出现了，被称为"无义草"和"龙爪花"。山口百惠有以《曼珠沙华》为题的歌，北原白秋有以《曼珠沙华》为题的诗，后者的内容是作者在祭奠一个已经离世七年的孩子（也可能活着的话正好七岁）。

小狐狸在墓地目睹了兵十妈妈的葬礼，童话里还写道："他们走过的地方，留下了一片被踩倒了的石蒜花。"读到结尾，读者就能明白："石蒜花"也预示着小狐狸的悲剧性死亡。兵十是否会给被他误杀的小狐狸举行一场葬礼呢，应该会，但若在童话里写出则显得累赘。

在诗歌《葬礼》中，新美南吉描写的是基督教式的丧礼，死亡者是一个孩子，陪葬品有小唢呐和小画

书，墓前立着十字架，墓旁的花朵也由石蒜花变成了
"野蔷薇"。《葬礼》表达的是对逝者的哀思和对安宁
的渴望。新美南吉生前经历了哥哥、母亲和叔父的离
世，他内心自始至终对生命怀有一种朦胧的不安。小
狐狸阿权的善良换来的是同样善良的已经没有母亲的
兵十的火药枪，现实世界的残酷可以毁灭生命，但毁
灭不了对幸福的渴望和对文学创作的热情。

夜庙会和马戏表演

　　新美南吉生活的时代，日本农村的重要文娱活动
除每年常见的"节庆活动（まつり）"外，还有夜庙会、
马戏表演等。

　　《小狐狸》这篇童话的前半部分，孩子们踏着皎
洁的月光去逛夜庙会，令人想起鲁迅先生笔下的"社
戏"，它们都是当地乡村最为重要的文娱活动。"社戏"

是《社戏》的线索。对鲁迅来说，童年美好的回忆包含着对刻板的儿童教育的一种否定。而《小狐狸》中夜庙会的结束，"现实中"的故事才刚刚开始。至于《呼兰河传》里的"野台子戏"，则充满着凄凉和悲怆，台下上演着乡村版的"郎才女貌"。同样是描写农村社会的方方面面，《呼兰河传》被茅盾称为"一幅多彩的风俗画"，是因为画面感强而故事性弱。新美南吉笔下的日本农村，经历了文明开化的洗礼，生活的内容自然要更丰富，所以本书称他的诗歌与童话是"日本农村生活小百科"。

夜庙会要做的准备工作是娇气包文六购买木屐，一位老奶奶无意中提出了"晚上买木屐狐仙会附体"的说法，为后文的故事包括文六家的母子关系埋下了伏笔。

《小狐狸》的第三节描写的是夜庙会的场景。童话的重点是夜庙会结束后的故事，但若考虑到全文篇幅不长，夜庙会场景所占的笔墨已经很多了：

小童女在舞台上眼花缭乱地耍着两把扇子。

小童女脸上涂着浓艳的脂粉……

这样的文字可以视作日本俳句的散文化。与小女孩的年龄和身份不相符的是浓妆艳抹的脸和眼花缭乱的动作，作为道具，居然还有"两把"扇子。这种孩童身份与舞台角色的冲突表现出的风趣就是俳句风格。

小林一茶有内容相似的俳句：

子供らが団十郎する団扇哉

拙译：

小童无粉墨

也要来登场

拿起团扇走

仿效团十郎

正因为忸怩作态，追求成年人的风格，才更表现出孩子的天真与可笑。孩子们发现小演员是澡堂老板家的都音子。看小女童看腻了，就去放烟花和鞭炮。接下来，童话又重点写了舞台周围——蛾子或者成群的飞虫都是日本俳句中常见的意象。这些意象在中国文学里只要一出现，就可能引起普通读者的不快：

　　舞台照明灯那里聚集了一大群飞虫，围着电灯飞来飞去。仔细一看，舞台正面的屋檐下，有一只土褐色的蛾子紧紧地贴在上面。

读者们想象中的娱乐活动是在条件好一点的茶楼和戏园里观赏节目，面前放着茶和水果。接着，新美南吉用一百余字的篇幅写木偶表演：

　　木偶的脸，既不像大人也不像小孩，乌黑的眼睛简直就像是真的一样，还不停地眨巴眼睛，那是因为要木偶戏的人在后面拉绳子。尽管孩子们清清楚楚地知道，可是每当木偶眨巴眼睛的时候，他们还是会有一种恐怖和奇怪的感觉。

想不到，木偶突然"啪"地张开了嘴，吐出舌头，转眼之间，嘴又合上了。木偶的嘴里是血红血红的。

"想不到"这三个字，体现的是表演场景的突然转折，转折之后就是小小的木偶表演的高潮。中国农村当然也有类似的木偶戏。《呼兰河传》描写的是20世纪前二十年中国东北普通的小村呼兰河，对应的时间大致相当于日本大正时期，新美南吉正是由少年成长为青年的时期，而他也很少离开故乡岩滑新田小村。相同的时代，普通的小村庄，中日两国的农村文娱活动差别很大，萧红在《呼兰河传》中这样写木偶戏的：

但是若有一个唱木偶戏的这时候来在台下，唱起来，问他们看不看，那他们一定不看的，哪怕就连戏台子的边也看不见了，哪怕是站在二里路之外，他们也不看那木偶戏的。

呼兰河的人看野台子戏看的是氛围，还要体会戏台周边"附加"的内容，比如相亲等。看戏的那三天迸发出的是包含着愚昧的带有乡土气息的激情。而新美南吉笔下的夜庙会充满了童趣——写实主义的，一种不同于西方的拇指姑娘或豌豆公主的乡土气息的童趣。这种童趣为日本所特有。

马戏团是 20 世纪上半期乡村和小镇的另一种重要娱乐活动。《精彩的马戏》是一篇小学《语文》老课文，不知道编者们在 20 世纪 80 年代初决定将其选入课本时候的具体想法。《精彩的马戏》全文如下：

　　昨天，妈妈带我去看了一场精彩的马戏。

　　先说猴子爬竿吧。猴子穿着衣服，打扮得像个小孩。它爬到高竿顶上，在上面倒竖蜻蜓，一双圆溜溜的眼睛好奇地瞅着观众。那顽皮的样子，逗得观众哈哈大笑。

　　黑熊踩木球也很好玩。笨重的黑熊爬到大木球上，身子直立起来，小心地移动着双脚，让大木球滚到了跷跷板上。木球刚滚过中心点，跷跷板的那一头就掉下来了。你看那黑熊多紧张啊！观众又发出一阵哄笑。

　　山羊走钢丝，表演得也很出色。在细细的钢丝上，山羊就像在平地上一样，稳稳当当地走过来走过去。山羊还表演了它的绝技。钢丝上插着一块金属圆板，只有碗口那么大。山羊小心地把四只脚都踩在圆板上，身子弯得像一座拱桥。全场观众都为它喝彩。

还有小狗做算术，猴子骑车，马钻火圈，都挺有趣。马戏团的叔叔阿姨真有办法，能让动物听从他们的指挥。

"马戏"作为文学意象早就和时代彻底脱节了。生态文明建设的要求、保护动物的法律都令马戏显得不合时宜。"小狗做算术，猴子骑车，马钻火圈"，应该被其他更有意义的篇目或故事取代。作为旅游项目的"动物表演"其实是马戏的变形，在新的时代必须受到法律的约束，人民日益增长的精神生活的需求也是动物表演类商业活动难以维系的重要原因。

不过，在新美南吉生活时代的日本农村，马戏依然是一种重要的娱乐活动，但是已经走下坡路了。本书不想探讨新美南吉对马戏表演的描写，《正坊与大黑》这篇童话的重点是人与动物的关系。在故事一开场，马戏团的表演也给小村庄带来了喜气：

有一次，他们来到了一个村子里。团员们分头把红红黄黄鲜艳的海报，贴到了香烟店和澡堂的墙上。村子里的大人和小孩围着散发着浓浓墨香的海报，欢天喜地，好像过节一样。

帐篷搭好已经三天了。这天下午，观众席上响起了一阵欢呼声和鼓掌声，千代跳完了舞，轻轻地抖动着粉红色的裙子，退回到后台。接下来，该轮到老黑熊大黑出场了。

这个故事和所有新美南吉写的故事一样，充满了波折。大黑在正坊的帮助和治疗下，病情好转，再次赢得了观众的掌声。然而，好景不长。在这篇故事的第四节，马戏团的困境来了：

小小的马戏团坚持在各村巡回演出，但收入太少，勉强够大家填饱肚子。

167

没有多久，一匹马病死了。

……

又过了一个月。一天早晨，正坊睁眼一看，只剩下团长、千代和自己三个人了。其他艺人都逃离了小帐篷。这样一来，再也无法巡回演出了。无奈，团长也只好决定解散马戏团。

大黑被关在笼子里，用车拉着，卖到城里的动物园去了。

在 20 世纪上半叶，世界各地的马戏团大概都面临着类似困境。岩滑新田这个小村的变化也是外部大环境变化的一种反映。随着唱片和收音机等娱乐装置的推广，马戏团的市场越来越萎缩；农村人口的支付能力有限，而维持马戏团的成本越来越高。马戏走下坡路是必然的。卖掉了动物、桌椅等设施，钱分给了两位小演员，团长还委托人帮正坊和千代进了一家针织厂。团长身上体现出的坚韧和从容、小团体中的利他精神，是普通日本人的优秀品质，而马戏团小演员进入"针织厂"工作，恰好传达了马戏团衰落的另一个原因：农村生活正在受到工业文明的冲击。

现在，可以把对文学中的和历史上的马戏团的分析拓展到中国和日本以外。

20 世纪上半叶写成的捷克文学名著《黑猫米克什》是一部长篇童话。其中，对马戏团的描写占了全书的四分之一。黑猫离家出走，险些被洪水淹死，被克隆茨基马戏团团长的女儿救下，因为猫通人语，所以成为马戏团的王牌演员：

晚上的马戏票全卖光了。不仅满座，还有加座。演出很受观众欢迎。花样乘骑、驯兽、小丑和走绳索等节目都博得了热烈的掌声。最后，马戏团老板向尊敬的观众宣布说：下面将是一个世间奇迹——由有文化、有智慧的口袋登台表演！

有智慧的口袋里装的就是这部长篇童话的主角黑猫米克什。米克什领到了很多工资，回乡探亲。马戏团经历了老板患病，业务下滑。作者借鹦鹉之口向米克什求助：

> 团里所有的人都走掉了，有好些训练有素的动物不得不卖掉，只剩下了我们四个（鹦鹉、猴子、大象和狗熊）和狮子大叔。它自你走了以后，脾气一直很坏。连我们也不知道，我们几个的下场会怎么样。

一个有十几辆车的马戏团很快面临解散，团长生病只是表面的诱因。除了工业文明的冲击外，观众的繁忙，唱片、收音机和电视机的出现，都是不可忽视的因素。在欧洲，也只有剧场才始终是城市文娱消费的重要场所，马戏团的流动性，还有表演的格调都是其劣势。在《黑猫历险记》第三卷《米克什和克隆茨基马戏团》的结尾部分，经过黑猫米克什的努力，马戏团的经营状况已经大为好转：

> 当他（前团长）亲眼看到今天的马戏团时，他惊喜得流下了眼泪。等到他走进里面，看见那些漂亮的道具时，更加惊喜不已。克隆茨基先生的马戏团一向经营管理得不错，可是像这样漂亮的装饰、快乐的画面、明亮的灯光和舒适的作为还从来没有过。这已经不是马戏团，而是设备非常好的剧院了。

"非常好的剧院"恰好说明了马戏团和城乡高级文化需求的差距，或许达到了"非常好的剧院"那样的档次，马戏团才能真正起死回生。现实中的马戏团依然处于困境中。

1928 年，新美南吉还是一位从事文学创作不久的少年。这一年，美国上映了一部电影《马戏团》，其情节大致如下：

马戏团的表演因为呆板无趣而失去了观众，面临着破产和倒闭，谁都想不出办法。流浪汉查理（卓别林饰）在游园会中被卷入了一个小偷的圈套，受到警察的追捕。他像无头的苍蝇一样钻进了演出现场。舞台上，查理躲避警察的各种肢体动作，被观众当成马戏团的表演，他们非常喜欢查理，热烈地鼓掌。马戏团老板想让查理留下来，帮助马戏团起死回生。虽然查理并不想以马戏团为生，但是走投无路的他为了维持生计也只好接受现实。很快，他成为马戏团的招牌演员，并且爱上了团长的女儿。

20 世纪上半叶，日本、捷克、美国，"马戏团的

困境"成为推动文艺作品情节发展的一个关键点。这
意味着，在这些国家和地区，马戏团真的出现困境了。

日本农村的宗教

日本的宗教比较特殊。日本的神道是本土信仰，
缺少宗教经典。在一千五六百年的有文字记载的历史
中，日本先后吸收了从印度经中国、朝鲜半岛传来的
佛教，从西方国家传来的基督教，从东南亚传来的伊
斯兰教。日本文化呈多元性，宗教更是如此，并且这
些宗教在日本文化的熔炉里相互碰撞、相互吸收。日
本没有大规模的宗教冲突，一个团体、一个普通日本
人的宗教信仰甚至都可能呈现多元性。宗教的世俗化
尤其佛教的世俗化在日本是非常明显的。日本缺少严
格意义的宗教信徒。宗教已经形成了一些看似简单的
仪式而融入日本人的生活。

作家的宗教信仰是文学研究的一个角度——如托尔斯泰的宗教信仰，本书认为新美南吉的宗教信仰和普通日本人一样，他的宗教信仰呈现多元性。他很早就没有了母亲，叔父和哥哥的去世让他对人生多了朦胧的不安，他需要心理安慰，求助于宗教是一种生活方式。1934 年 2 月，他参加了宫泽贤治组织的文学活动，并且获赠一本带有日本标注的《法华经》❶。在他的诗歌《片假名的幻想——春》的结尾出现了一本《圣经》：

日暮祥云飘

丢在屋里的婴儿车

车中《旧约》

封面金字

暗淡了

❶ 新美南吉 . 新美南吉诗集・年谱 [J]. 北京：ハルキ文库，2016：241.

这个结尾是写日暮，但无意中透露了作者生活中基督教经典的客观存在。更何况，作者是本科英语系毕业。在那个年代，日本大学英语系学生接触《圣经》的机会肯定是很多的。但是作者是否真地皈依了基督教是另外一回事。基督教在岩滑新田的影响力可以从《打气筒》的一个细节看出：

　　加平说，今天，自行车铺子的老金和大婶去参加教派的一个什么活动，一大早就出门了，只有小伙计八公一个人看家。

据日文原版童话，老金一家参加的是金光教的活动。金光教是日本的民间宗教，创立于 1859 年。既有的国内通行的中文版本可能存在"漏译"。

在新美南吉的笔下，小和尚的形象倒是频繁出现。可以推断，在岩滑新田村周边，佛教依然占主导。老和尚、大和尚之类的形象在新美南吉的作品里出现得很少，原因之一是他们不符合读者的审美需求，连烘托小和尚的作用也起不到。在小和尚的周围，是小兔子之类的小动物。在童话《小和尚念经》里，小和尚一开始是背负着义务出场的：

　　山寺里的和尚病了，由小和尚代替他去施主那里念经。

　　小和尚怕忘了，一路上一直不停地念经。

　　儿童的单纯和认真一下子跃然纸上。

　　小和尚在童话里的形象是单纯快乐的，仿佛中国古代文学中只有简单工作的牧童。在现实中，小和尚可能出身贫苦，双亲缺失，受师傅压榨等。在水上勉的《雁寺》中，小和尚慈念要经常替师父承担一些类似的义务，且频繁受到虐待。对慈念来说，当云游僧也要越过很高的门槛——中学毕业，且必须接受军事训练。水上勉的作品《雁寺》是写实主义的，新美南吉对小和尚的描写是高于现实的。新美南吉童话中，小和尚的生活充满了诗意和快乐。他们没有一休式的聪明，至少在表面上没有一休式的忧伤和惆怅。

念经也许是违背儿童天性的，在《小和尚念经》中，小和尚和兔子玩了一会儿，就忘掉了经文。具有灵性的小兔子教给了小和尚"自创经文"：

对面的小路上，牡丹花开了。

开了开了，牡丹花开了。

小和尚随即用兔子自创的经文在亡灵前唱了起来，达到了意想不到的好效果。在短短几百字的故事里，读者可以解读出人与动物的关系、宗教关怀、儿童对美与自然的接受、随机应变的能力和物质分享。新美南吉不愧是讲故事的高手。物质分享，是说施主

一本正经地奖给了小和尚一个小馒头——一切都是
"小"，小和尚把小馒头分给了小兔子。小馒头表明小
和尚的快乐并不以富足为基础，贫穷和孤苦是现实的，
而充满爱心的施主可能不是虚构的吧。

新美南吉描写了很多类似于居士那样的自家宗教
活动，《拴牛的山茶树》写道：

> 山崖上的仁左卫门的家里，有人在念经，窗
> 上映着灯光。木鱼的响声一直传到了崖下的山路上。

而《小狐狸阿权》里的居家诵经是多人参加的，
参加者有兵十、加助、吉兵卫和另外三个没有提到姓
名的人：

> 从里面传来了"咚咚咚咚"敲打木鱼的声音。
> 灯光照在窗户纸上，映出一个晃来晃去的大秃头。
> 原来是在念佛啊！阿权一边想，一边在井边
> 蹲了下来。

总的来说，这个乡村的舞台上有着浓厚的宗教氛围，日本化的佛教和本土的神道并存，基督教的影响力比较弱。新美南吉读过佛教的《法华经》和基督教的《旧约》，从信仰上说，他更接近佛教。

天文和气象

在天文和气象方面，新美南吉写到了冻雨、雨夹雪、淡雪、流星、光、星空、太阳、月亮，还有遥远的不知名的小星星。

诗人描写宇宙和天体，表达出对整个世界的人文关怀，这有赖于天文学的进步。当然，不懂天文学，也不妨碍诗人关注人类的一些终极问题。例如，屈原的《天问》，张若虚的"江畔何人初见月，江月何年初照人"，已经具备"宇宙关怀"的意识。在天文方面，中日传统的诗歌写月亮、写星空（包括银河）、写启明星和天狼星。20世纪80年代出版的武继平和沈治鸣译的《日本现代诗选》，收录了岛崎藤村的《启明星》和《银河相会》，土井晚翠的《星星和花》，这些作品都没有突破东亚文化圈的诗歌传统。新美南吉的《冻雨》在意象上是比较独特的，因为这种天气本身也不多见。这首短诗的前半部分借恶劣天气写艰难的生存环境，诗的后半部分表现出对生活的爱、对夕阳之美的欣赏以及对逝去祖先的怀念。全诗含义丰富，耐人寻味。

太阳和星空在俳句式的短诗里有描写。《星球来客》是一首有科幻色彩的叙事短诗。长诗《小星星》是对传统的彻底超越，宇宙中的天体被拟人化，作者笔下的小星星活跃地歌唱着，渴望而又不急于发热发光。这正是耐得住寂寞，专心文学创作，努力与生活中的"雾锁烟迷"相对抗的作者的形象。

1910年至1930年，东亚各国的诗歌的"宇宙关怀"

意识都在高涨。历史发展到这个阶段，对于先进的知识分子来说，早已不是"睁眼看世界"，而是世界乃至整个宇宙就摆在你的眼前。中国知识分子经历了新文化运动，日本知识分子经历了大正民主运动，韩国先进的知识分子和民族精英为了追求国家独立，也把足迹和视野扩大到东北亚以外的广大地域。天体物理学的基本知识也在东亚各国传播。这些都是东亚国家的诗歌中"宇宙关怀"意识高涨的原因。

在 1921 年出版的《女神》中有一首读者熟知的《凤凰涅槃》，其中《凤歌》一节有如下诗句：

宇宙啊！宇宙！

你为什么存在？

你自从哪儿来？

你坐在哪儿在？

你还是个有限大的空球？

你还是个无限大的整块？

这些问题在哲学上和艺术上都超不过两千年前的《天问》，且第四行的第二个"在"字有硬性凑字和押韵的嫌疑。由于篇幅所限，本书对这首长诗的引用到此为止。《凤歌》一节时而表现出知识分子面对茫茫宇宙的无措，时而又表现出因为掌控着知识而与生俱来的那种自信。除《凤凰涅槃》外，《地球，我的母亲！》《立在地球边上放号》（选入部编版高中《语文》必修第 1 课），都表现出"宇宙关怀"意识。和新美南吉的《小星星》不同的是，作者并没有具体描写地球以外的哪怕是虚构的天体，因此，也就不存在天体形象化的问题。

在国际关系和国内文化都在巨变的时代，东亚国家诗人的视野扩大了，亚洲变小了，地球变小了。诗歌中的"宇宙起源"或者"地球起源"也从模糊的"鸿蒙""混沌"转变成了听来似乎具体的"太古代"。也是在大约那个时期，日本另一位著名童话作家宫泽贤治，在笔下频繁地表达出"宇宙关怀"，代表作有《双子座》和《银河铁道之夜》。韩国诗歌的代表作是吴相淳的《亚细亚的黎明》和《亚细亚的最后的夜的风景》。

村民自治与日常生活

早在明治时期，日本就开始了町村自治的尝试。町村自治在新美南吉的童话里也有描写，在《爷爷的煤油灯》中，村子里的重大事情——是否安电灯由下一次的"村民大会"决定。这是不是日本文学史上第一次描写"村民大会"有待查证。不过，连日本战前的无产阶级文学都是以城市题材为主，所以，对"村民大会"的描写值得注意。在这篇童话里，还写到"村民大会的议长由区长担任"。可以肯定，村民大会的决议是无法更改的。

在《和太郎和他的老牛》里，写到了乡村派出所的警察。和太郎在半夜 11 点 20 分都没有回家，警察芝田首先说起了农村的治安——"在这样安定的年代里，是很少有人拦路抢劫的"。接下来，故事写道：

往常，村里出了事，村里的青年团就会协助派出所的警察，于是，芝田警察把团员们召集了起来。很快，青年团员们就穿好了制服，打上绑腿，手持棍棒跑来了。

上次，烧荒把西山脚下的茅草屋给烧着了，青年团协助芝田警察扑灭了火灾。

根据这段描写推断，村里派出所的值班警察可能只有一人，而青年团也可以理解为村民自治组织，协助维持治安。

江户时期的消防史值得研究，马是消防队的基本交通工具，但是具体的消防工具还有待深入考证。小林一茶的俳句描写了消防马队的速度：

こがらしや風に乗ゆく火消し馬

拙译：

寒气逼人时

消防马队飞驰来

转眼乘风去

德川幕府时期，江户之类的大城市经常发生火灾。明治以后，日本政府加强了消防体制改革。在《打气筒》中，加平邀请八公去"偷吃"自家地里的枇杷，这种行为小伙伴们主观上不想让家长知道，因此，加平加了一句话：

我会在火警瞭望塔边上挥帽子，你看见了就回来。

这是一种"暗号"，而暗号的发送地点说明了火警瞭望塔是小村里的标志性建筑物，那个时代的日本农村非常注重消防。

农村的生活用品也早已充满了洋味。和太郎的母亲这个农村老妈妈用的是洋伞（铁骨架的），和传统的竹制的日式伞不同；正九郎和加平接待的修自行车的顾客穿着西服；虽然火柴已经广泛使用，但是老式的打火石就在巳之助（《爷爷的煤油灯》中的"爷爷"）随手能拿到的地方。

在真正意义的儿童文学作品里，游戏的描写是必不可少的。除前文提到的"滚铁环"外，新美南吉还在诗歌里写过放风筝和"过家家"。"过家家"是中日两国儿童都玩的游戏，代入感很强，参与者要在游戏中扮演家庭角色。看似这种游戏不需要太高的技巧和智商，但是游戏过程可以锻炼"情商"。在《过家家要收场》中，游戏参与者的性别和游戏进行不下去的原因都值得读者推测和品味。

在《喜欢孩子的神仙》中，孩子们在冬天把他们的小脸印在雪地上。大致相当于《从百草园到三味书屋》里的"拍雪人"。

关于乐器，在《和太郎和他的老牛》里，和太郎的母亲求当地警民帮着找自己的儿子。出场的村民拿出的乐器有钲、鼓、螺号和喇叭等。为找到丢失的人和牛，村民们用这些五花八门、新旧不一的乐器传声，呼唤"和太郎"，增强了故事的幽默感，但也从一个侧面表现出当时农村"信息传递"和"音乐欣赏"的实际状态。信息传递不够快，依然是传统方式为主。而音乐欣赏方面，呕哑嘲哳难为听，声声入耳，声声纯朴。村民们"鼓捣"乐器找丢失的人这个场景，读来妙趣横生，又非常真实，整个故事如影像一般在读者眼前上映。

结　语

一千个读者与
一千个新美南吉

从哈姆雷特说起

有一千个读者，就有一千个哈姆雷特。

有一千个读者，就会有一千个新美南吉。

有一千个中国读者，未必有一千个安徒生。

这不是本书作者对莎士比亚名言的简单模仿，更不是对接受美学理论的随性借用。这是数年来阅读和研究新美南吉作品的结论。下面结合近些年的网络语言、大众热点来详细阐述。

举个最简单的例子，网络上常说"现代人的焦虑"。所谓焦虑和纠结是源于比较和计较，《两只青蛙》讲的就是如何缓解焦虑和避免纠结的故事。绿青蛙和黄青蛙最初相互看不起，经过一场冬眠，双方入春水洗澡，对视而后，相互欣赏，成为好友。故事最后写道：

　　　　原来，无论人也好，青蛙也好，好好地睡上一觉，心情都会好起来。

细心的读者可以比较一下《两只青蛙》和"心灵鸡汤"的差别与疗效。"心灵鸡汤"耗费读者的时间，而文学名著终将万古长存。

《音乐钟》为我们讲了一个因为"大事"忽略孩子的教育而抱恨终生的人物，他是日俄战争时期的一个日本军人，返乡后发现正值青春期的孩子已经成了不良少年。在现实中，有很多人因为忽视了孩子的教育而深感遗憾和内疚。当然，本书作者并不是想让他们通过阅读新美南吉的作品而弥补这种遗憾。这种遗憾也弥补不了，只是想阐明：新美南吉看似简单的故事和那些难译的诗歌是具有多重意义的佳作，不仅老少皆宜，而且能够超越时空。

妈妈们能否欣赏和正确地教育孩子也是一个大众热点话题。《妈妈们》里的小鸟和母牛在相互炫耀自己即将出生的孩子，她们在讨论到底是蓝色的羽毛漂亮还是分瓣的蹄子好看，"多事的"青蛙主动要求教她们唱《摇篮曲》，这种热闹的场景让人感觉似乎到了女性即将分娩的产房。这能否给那些为学区房和高分而打拼的父母们一些安慰和启示呢？现实世界是复杂多元的，最佳的教育的起点就是欣赏孩子，不是用外界树立的标杆对孩子严加要求。

《蜗牛的悲哀》讲的是一只心情不好的蜗牛"背着沉重的壳"四处诉苦，最终他想通了：

　　"原来不光是我，大家都有悲哀呀！我今后必须忍受我的悲哀才行。"

　　从那以后，这只蜗牛再也不唉声叹气了。

　　这只蜗牛发现的道理，就是我们现代人常说的"谁都不容易"。阅读时仔细点，就会在新美南吉的童话里发现我们的生活，甚至我们自己的影子。

　　有一千个读者，就会有一千个新美南吉。

　　"道德与法治"课程的老师可以从新美南吉的故事里读出诚信、坚韧、职责和孝道等优秀品质；天真的儿童在读到黄鼠狼为了朋友憋着不放屁而需要去医院的时候，会开心地大笑；动物保护主义者读出了人与动物建立和谐关系的可能；家长们可以从新美南吉的童话里学到欣赏和鼓励孩子的技巧；如果孩子的家长是一位小企业家，只要认真阅读，就可以在新美南吉的作品里读出商业道德和与时俱进的经营理念；志愿者还可以看到残疾人真实的挣扎与无奈，然后进一步坚定从事社会公益的信念，找到更为合适的助残的渠道和方法。历史学家可以读出 20 世纪上半期前四十年日本农村生活的方方面面，尽管他们可能不愿意承认文学作品在历史研究中的意义和价值。

当然，新美南吉在日本早已闻名全国，在中国进入小学语文课本也有快二十年的时间了。我儿子读小学的时候，老师就发了复印版的《小狐狸阿权》作为参考读物。新美南吉在中国的"语文教学"中的重要程度已经超过了俄国的契诃夫。语文老师可以发挥自己的长项，在新美南吉的作品里选择好的篇目融入课堂。在这方面，尽管我从未做过一线语文教师，还是不揣冒昧地用"教学设计"的方式为中国的语文教学提了一些粗浅的建议，这就是关于《一张明信片》和《小狐狸买手套》的教学方案。

"莫泊桑式"还有"果戈理式"

研究一个外国作家和他的作品，最经常遇到的问题是，他的文学底色、创作的根基到底在哪里？是民族的传统，中国的影响还是西方的冲击？

1868 年是明治元年。改变日本历史进程和东亚国际关系的"明治维新"开始了。出生于 1867 年（庆应三年）至 1887 年（明治二十年）的许多作家，得益于高等教育体系的建立。在写译"诗歌翻译与研究丛书"的时候，我发现好多作家和诗人就读于高校的外语专业，曾在英语专业学习的，就可以列举出夏目漱石、野口雨情、北原白秋、土井晚翠、北村透谷和新美南吉等。二叶亭四迷是俄语系毕业。就读于外语系，不管是东京大学还是普通大学，不管是正常毕业还是中途退学，受西方文学的影响是自然而然的事情。日本文学的这种发展和中国不一样，中国近代好多作家在传统文化的底色之上，因不同的经历受到一个或者多个外国作家的影响，有意无意地接受着国外传来的创作理念，或者是辛苦的译介与创作并行。中国的近现代知名作家中有一些和高等学历教育无缘。

接受西方影响是定论。问题是接受的方式、接受的对象还要考究和探查。新美南吉在东京外国语大学读的英语专业，但从写作看，对他影响最深的并非那些耳熟能详的大作家。他曾经在《冬天最后的黄昏》里写道：

冬天最后的黄昏

我独坐南窗

听鹪鹩讲故事

读童话《白海豹》

光线渐暗

小小的文字退去

结　语　一千个读者与一千个新美南吉

我从辽阔的北海

返回斗室

北方的海是《白海豹》故事发生的场景与环境。《白海豹》的作者是鲁德亚德·吉卜林（1865—1936年），英国著名小说家和诗人。1907年获诺贝尔文学奖的时候，他年仅42岁，是迄今最年轻的诺贝尔文学奖得主，也是英国第一个获此殊荣的作家。但是，鲁德亚德·吉卜林如果和狄更斯或者莎士比亚等大作家相比，影响力就差多了。

新美南吉"模仿"法国的朱尔·勒纳尔（1864—1910年）写了《雨中小青蛙》等数首诗歌，这是他少有的仿作。在名为《诗人》的诗歌中，新美南吉提到了美国的女诗人米莱（1892—1950年）、法国画家柯罗（1796—1875年）等。

最重要的问题是他部分童话的叙事方式西方化

195

了。19 世纪晚期的西方文学，以莫泊桑为例，在小说开头或者结尾，经常煞有介事地说故事中的某个人物现在如何如何，或者说上面的故事来自真名实姓的某个讲述者。例如，名篇《我的叔叔于勒》的开头是这样写的：

> 一个白胡子穷老头儿向我们掏钱。我的同伴约瑟夫·达夫朗什竟给了他一个五法郎的银币。我感到很惊奇。他于是对我说：这个穷汉使我回想起了一件事，这件事我一直记在心上，念念不忘，我这就讲给您听。

故事的讲述者是仿佛确有其人的"我的同伴"，给乞丐五法郎是后文故事的"小型预演"。然后，小说正文才开始。这篇曾经收入中学《语文》课本的小说，在入选时，竟然被编者删去了开头，令年轻的读者难以把握小说的全貌。

莫泊桑的另一篇作品《巴蒂斯特太太》的开头是这样写的：

> 我走进卢班车站的候车室，第一眼是看钟。我还得等候两小时又十分钟才能乘上到巴黎去的快车。

作者在车站目睹了一支特殊的送葬队伍，八位先生参加，没有宗教仪式。作者就跟随送葬队伍，听人讲死者的悲惨身世。结尾写道：

> 他（送葬者之一）眼泪汪汪，惊奇地看看我，然后说："谢谢，先生。"我没有后悔跟着灵车走了这一趟。

这种开头结尾的功能之一是凸显故事的真实性，有根有据，有板有眼。这也可以理解为西方的一种写作习惯，并非莫泊桑所独有。在芥川龙之介的小说《疑惑》和《西乡隆盛》中，正式的叙述也有这种"莫泊桑式"的铺垫，在铺垫中，有名有姓的叙述者出现了，还要交代叙述者和作者"我"的关系。这都是西方叙事方式的影响。

在新美南吉的作品中，《和太郎和他的老牛》也是这样西化的结尾：

话说这个天老爷赐给的孩子和助渐渐长大，小学时和我是同班，和助一直担任班长，我总是倒数第一。小学毕业之后，和助接了和太郎的班，做了一名出色牛倌。太平洋战争爆发不久，他应征入伍，大概是到现在的爪哇岛，或是苏拉威西岛去作战了。

现在和太郎已经是一个老头儿了，可身子骨还挺硬朗。他的老母亲和那头老牛都在前年死去了。

在中日传统古典小说中，没有"莫泊桑式"的开头和结尾。但有如下情况：小说中的主要人物拐弯抹角地和作者"我"——故事的记录者发生联系，中间的"叙述者"被省去。《聊斋志异》第一篇《考城隍》的开头写道："予姊丈之祖，宋公讳焘，邑廪生。"故事中的主角是"我姐夫的祖父"，这样的开头也给人一种好像很真实的感觉。

除了"莫泊桑式"的开头外，还有"果戈理式"的句子。《铁匠的儿子》的开头与结尾是同一个句子："这是一个远离海岸，永远落后的斜坡小镇。"除了首尾呼应的功能外，不难发现这样的句子的"果戈里式"味道。在著名的戏剧名作《钦差大臣》（上海译

文出版社 2004 年）里，果戈里是这样形容故事发生
的小镇的——"从这里出发，哪怕骑马跑上三年，也
到不了任何一个国家"（第一幕第一场市长语），果戈
里显然更为夸张。故事是真实的，但是"这样遥远偏
僻"的地点并不存在，这让读者或观众看了这个故事，
又有一种"怎么可能有这种地方、这种事"的感觉。
颇有真实性的故事被用这种方式蒙上了一层虚幻的色
彩。这和"莫泊桑式"的开头结尾不同，后者是把虚
构的高于现实的故事蒙上了一层真实的色彩。

俳句与叙事散文的融合

新美南吉作品的主调是简洁明快，他的诗歌也很少
有超过五十行的作品，这种简洁到底在多大程度上根植
于日本的传统呢？本书认为：故事里对蚊子、蛾子等普
通昆虫，对诸多花草的描写是俳句的散文化——俳句与

叙事文学的一种融合，这是新美南吉童话最具日本文化特色的地方。也可能是日本文学史上独一无二的现象。

除了在前文中列举的《小狐狸阿权》中分散在全文中的缺少象征意义的花草外，"俳句散文化"的例子比比皆是：

例（甲）

就连浮在水塘上面的鲤鱼，发现他（盗贼头儿）站在岸上，也会砰地一个转身沉到水底去。有一次，他给一个耍猴人背上背的猴子喂柿子，那猴子竟然一口没吃就丢在了地上。

这是《花木村和盗贼们》里盗贼头儿的心理感受。摘录的句子讲了两件充满俳句风格的趣事。第一件如果用俳句式的语言表达：

水底的小沉鱼，未见西施，只因见了贼脸儿。

第二件可以写成：

嗅出贼味儿，小猴儿小看喂柿子的小偷儿。

这两件事包含着日本式的幽默，不会让人捧腹大笑，但会有让人轻松的回味。

这种改写丝毫没有改变原文，当然也没有改变译文的情趣，只是向读者说明"叙事"的俳句与长篇故事的融合。

例（乙）

飞过堤坝时，乌鸦那乌黑的脊背在耀眼的阳光下，闪了一下。(《音乐钟》)

这个句子可以和郑振铎《燕子》中的语句对比：

在微风中，在阳光中，燕子斜着身子在天空中掠过，唧唧地叫着，有的由这边的稻田上，一转眼飞到了那边的柳树下边；有的横掠过湖面，尾尖偶尔沾了一下水面，就看到波纹一圈一圈地荡漾开去。

郑振铎写的是燕子飞翔的多种样态，有横斜之分，有高低之别，有柳树、稻田和水上波纹的烘托。而新美南吉笔下的乌鸦之飞，黑自不必说，但那乌黑的脊背偏偏在耀眼的阳光之下，发出瞬间的闪亮。阳光强烈，乌鸦乌黑，"闪了一下"给人不和谐之感，也可以理解为小偷周作的行为无法掩饰。

例（丙）

黑暗的山路，竹林和松林一片接着一片，可

是巳之助一点儿也不害怕，因为他手里提着一盏像花一样灿烂的煤油灯。(《爷爷的煤油灯》)

例（丁）

母亲渐渐远去了，火红的杜鹃花刺得和太郎眼睛发酸。(《和太郎和他的老牛》)

例（戊）

（喝醉了酒的老牛和心满意足的和太郎）慢悠悠地走在马路上，路边篱笆上的木莓花泛着白光。(《和太郎和他的老牛》)

这就是新美南吉故事里的俳句之风，细致入微，有时为情节发展服务。

目前，尚未对新美南吉的俳句开始系统地解读和翻译，但是他的短诗都带有浓厚的俳句风格，如《五月的太阳》《五月的星空》《月夜的故事》《鲫鱼》《报春花》等。

旧题翻新少，汉字匠心多

新美南吉从来不对旧的日本传统故事进行"翻新"，更遑论在中国古典中寻找题材。然而，和汉学的毫无联系并不妨碍这位作家的作品在中日文化交流史上发挥大的作用。或者倒过来说，作家和其作品能否在中日交流中发挥作用与他是否受到中国传统文化的影响毫无关系。比新美南吉早出生几年的井上靖（1907—1991 年）最初也是毫无汉学功底的，但他的作品和他的人都与中国文化发生了密切的联系。

典型的也可能是唯一对旧题材"翻新"的作品是诗歌《火柴寄语》。"取材"于安徒生童话的确是读者们关心的问题：作为"东方的安徒生"，新美南吉到底对安徒生有什么看法？是否在学习安徒生的某一方面？他确实"翻新"了《卖火柴的小女孩》，诗歌《火柴寄语》的主调是积极的乐观的，短暂的火柴之光带来的是温暖和希望，这和中国式的对《卖火柴的小女孩》的解读差别太大。《火柴寄语》将小女孩短暂的火柴之光和作家创作后短暂的喜悦相类比，给火柴这种文学意象和卖火柴的小女孩的形象赋予新的意义。

诗歌《创生记》在题目上模仿了《创世纪》，但是在内容上却看不出和西方宗教文学的任何联系。

前文讲到，日本近代高等学校的外语系尤其是英语系出了一批作家包括诗人，高校英语系给这些爱好文学的"种子"了解西方文学提供了一个更宽松的环境。新美南吉是东京外语学校的英语科毕业。在"大学四年"（1932—1936 年）前后，他不断地向《红鸟》杂志投稿，和日本当时部分一流作家有少量接触。但相比之下，家乡岩滑新田的一草一木，纯朴的乡情才更是他生活与创作的底色。

不翻新中国、日本的旧题材，极为有限地翻新西方题材，在诗歌中"推崇"几位西方作家，可能是完全出于兴趣。

那么，他的作品真的和中国文化毫无关联吗？

中国古典小说中的很多人物，包括次要人物的名字都是有特殊含义的，比如《红楼梦》中的卜世仁（不是人），《儒林外史》中的王德（无德）、王仁（无人）等。范进、周进的"进"同"进学"的"进"，两个人物都是以"进学"为志业。

日本战国时期的诸侯给子孙取名时，愿意用有积极政治含义的汉字，比如"忠""信""谦""胜""康"等，日本有些作家的笔名则直接用中国典故，如夏目漱石，"漱石"取自中国"漱石枕流"的故事。

新美南吉作品中有些人物的名字可能是匠心独运

的结果，他最大限度地发挥了人物名字中表意汉字的功能。

《音乐钟》里的少年阿廉，一个"廉"字发挥了很大的作用。少年阿廉说："廉，是清廉洁白的廉字呀，""清廉洁白就是不做任何坏事，即使是到了上帝面前、被警察抓住，也不害怕的意思。"廉，是道德的纯洁，和鬼鬼祟祟拿着赃物的小偷恰好形成反衬。小偷周作觉得"廉"是个复杂汉字，不会写，更凸显出他的不学无术。

《拴牛的山茶树》的主角是海藏。汉语里的"海藏"是海底宝藏的意思，福建闽侯出身的郑孝胥的诗集名为《海藏楼诗集》。海藏是农民出身，这个名字可能和他的结局相联系。"日本和俄国在大海的另一头开战"，海藏在日俄开战时应征入伍，"战争结束了，海藏没有回来"。

利助是海藏的相识，他靠山林赚了一大笔钱，但是，"利助拼命干活儿，只是为了他自己"。利助的"利"是利益的利，可能暗示他是一个利己的暴发户。

《栓牛的山茶树》中，最后那位日本版的"牛天赐"，和太郎的养子"和助"并没有具体的故事情节，他参军去战场，生死未卜。"和助"可能是"帮助和太郎"或者"帮助大和"的意思。

《打气筒》里的小淘气"正九郎"，"正直"的"正"。"正九郎"是个诚实的孩子。

《和太郎和他的老牛》中，帮助寻找和太郎的民村有叫"龟菊"的，他的儿子叫"龟德"。虽然这对父子上场只是试验了一下"螺号能否吹响"，但"菊"与"德"都是带有美好的正面意义的汉字，与中国读者常听到的"龟田"感觉不一样。

综合分析数量繁多的诗歌和童话，可以说，新美南吉是一位扎根于日本传统和日本乡村的作家。他的文字简洁、明快、含蓄、富于多意性。故乡的花草以"俳句散文化"的方式分散出现在他的作品里，这是日本文学史上少有的现象。作为诗人，他的想象力天马行空；作为小说家，他写的童话里，飞鸟和牛羊通人语，狐狸有幻术，似乎除这些而外，再也没有"神"的事情，更遑论"怪、力、乱"。他的童话创作竟然如此根植于现实，连欧洲作家笔下的"骑鹅旅行"或者"美人鱼"相类似的情节都没有。他的诗歌创作与童话相互交融，而风格上又给人一种平行的感觉。

在和西方文学的关系方面，他避免了食洋不化和对西方题材的简单翻新。北原白秋写过一只小猫要去为维多利亚女王捉老鼠的童谣，可仔细品读，或许会有"日本的高级知识分子如此媚外"的感叹。新美南吉的叙述方式有些西方的痕迹，煞有介事的叙述者出现了。或许正因为他无意如饥似渴地学习西方，反而使他成为一位借鉴西方文学的成功者。

附录一　新美南吉作品语文教学设计二则

小狐狸买手套

教学目标：让学生了解新美南吉、安徒生等童话作家的文学常识；引导学生思考人与动物的关系；引导学生体会"母爱"。

教学内容：新美南吉《小狐狸买手套》全文

教学对象：四年级以上小学生

教学过程：

一、请同学们回顾和狐狸有关的童话故事

二、与狐狸相关的成语

兔死狐悲：兔子死了，狐狸感到悲伤。比喻因同类的死亡而感到悲伤。

狐假虎威：狸假借老虎的威势。比喻依仗别人的势力欺压人。

狐狸尾巴：狐狸能变成人形迷惑人，但不能使尾巴改变。比喻坏人的本来面目或迷惑、欺骗人的罪证。

三、季节与文学形象

本篇童话开头：寒冷的冬天，从北方来到了狐狸母子住的森林。

句中"冬天"的移动有具体位置，运用了拟人的修辞方法，回顾以前的诗歌，让同学们理解季节与文学形象的关系：

春娃娃啊

披着鹅黄褂儿

212

背着绿书包——《春娃娃》

秋姑姑的脸儿

是红红的

圆圆的

胖乎乎的——《秋姑姑》

这是儿童文学作家圣野的两首季节诗歌中的句子。原文就是分行排列，启发孩子们：冬天可否在作文里被形容成"冬爷爷"？

四、分析"天与地"的比喻句

黑黑的，黑黑的夜，像块包袱皮一样保住了原野和森林。

五、分析表现小狐狸活泼天性的动词

六、回答问题

1.狐狸妈妈为什么要给小狐狸买手套？在买手套的路上，狐狸妈妈的腿为什么发软了？

2. 一看到镇子里的灯光，狐狸妈妈就想起上次跟朋友一起去镇子，险些送命的事。她劝朋友不要偷人家的鸭子，可那只狐狸不听，非要去偷，结果被农民发现，追得它们没命地逃，好不容易才捡了一条命。

有小朋友在班会上给大家讲《小狐狸买手套》，将情节修改成"狐狸妈妈的朋友被农民打死"，你觉得是否合适？

课后作业：

一、读歌词，听歌曲《妈妈之歌》。

妈妈在严寒的深夜里 为我编织手套 担心冻坏我的手 不顾冷风呼啸

不知疲倦地在操劳 家乡的音信啊 也给我带来了那炉边的清新味道

妈妈在不停地纺麻线 日日夜夜把纺车摇 爸爸在那土房里 整天埋头搓稻草

期望我在他乡更勤劳　故乡的冬天呀　有多么寒冷
寂寞　若能听到广播该多好

妈妈的双手冻裂了口　只好把黄酱当药膏　冰雪已
经融化　春天即将来到

稻田等我插秧苗　听见小河的流水在耳边回响　思
乡的心绪总也难消

二、阅读法国文学作品《列那狐的故事》。

三、阅读高洪波的儿童诗歌《狐狸，我喜欢你》。

教学反思：

外国文学在语文课堂上比重有限。我们读小学的
时候，课本里还没有《去年的树》。这篇童话故事情
节非常简单，但鸟儿对友谊的珍重，对朋友逝去的感
伤，让读者回味无穷。新美南吉和宫泽贤治一样，给
很多中国读者带来了新的感受。至少，日本作家群体
不再是村上春树和东野圭吾的集合。

新美南吉和宫泽贤治的心中都充满了对世界的爱、对生活的热望，这是他们创作的原动力。飞鸟、走兽、花卉，许多物种在文学中都有独特的象征意义。要讲《小狐狸买手套》就必须先讲狐狸。在中国文化中，狐狸是反面角色。他在虎大王身后摆威风，骗取爱慕虚荣的乌鸦的美味。在授课过程中，可以告诉学生们，中国古代有一本"著名的书"《聊斋志异》，作者是蒲松龄，里面讲了很多狐仙。有一部分学生会记住这个文学常识，这就是课堂的亮点。课堂的亮点越自然越好，太刻意追求会适得其反。

狐狸在日本文化中不是反面角色。课文中的小狐狸活泼、聪明、善良，故事围绕两个主题展开：人与动物的关系、母爱。母爱也是人类的本性，语文教师不分性别，一定要引导孩子们阅读母爱、书写母爱，孝敬父母。

买到手套的小狐狸出于好奇心，非要看看人类妈妈哄孩子睡觉。而孩子却问妈妈："森林里的小狐狸冷不冷"，偷听人类讲话的小狐狸和人类的小孩在相互关心。人与动物的和谐在寒冷的冬夜里给读者带来阵阵暖意。

"人类到底可不可怕"，故事里的狐狸母子提出了一个"哲学问题"。这个问题留给孩子们根据生活经验以后做出判断吧。

一张明信片

教学目标：将责任教育、生命教育融入语文课堂

教学内容：《一张明信片》全文

教学难点：文章中的设问、故事的线索与伏笔

教学过程：

一、解读第一自然段

这是一张在美丽的四方形书桌上写的明信片。美

丽的书桌上，还摆着一只布熊、一只绿色的闹钟和一盏罩着蓝色灯罩的台灯。

启发教学：小女孩的房间陈设说明什么？

二、明信片的写法

三、设问的学习

这张明信片究竟有没有送到收信人的手里呢？

首先这是设问句，全文是以明信片为线索展开的。原文中的第一部分和这句话之间有一个空行，故事的场景随即从东京切换到相对贫困的北海道。最近一次阅读这篇故事，我体会出了那个时代日本的城乡差别。北海道乡村的孩子不会有第一段描写的那么美丽舒适的学习环境。

四、分析少年邮递员的穿戴和家庭环境

这位邮递员穿着一件大外套，一双大长靴，背着一只大背包，所以乍看上去还以为是个大人呢，其实他不过是一个小学刚毕业的少年。少年为什么会穿大人的外套和长靴呢？因为少年的父亲一个月前病倒了，不能去送信，所以少年就代替父亲当上了邮递员，穿上了父亲的长靴和外套。

五、重点分析句子

带雪的乌云已经从北方涌过来了。（伏笔）

少年是真的不想去。但这是他的工作，不去不行。（责任教育）

六、分析雪花与少年的对话

七、分析结尾"少年的死"

课后作业：

一、给远方的朋友或同班同学写明信片。

附录二 新美南吉诗歌 精选（钟放译）

春天的电车

电车满面春光

南向

畅行我们的村庄

检阅绿色的菜畦

跨过高坡上的麦浪

电车稳稳当当

稳中有晃

忽左忽右

南向

南向

宛如墨竹

节节分明

走走停停

不把任何一个小站遗忘

等候那拄杖的老者

卸下背包袱的婆娘

沿途好风光

前村

小孩子滚铁环

玩得欢畅

后庄

节庆热闹

笛声飞扬

电车走走停停

终点在半岛尽头

面向海洋

春的海洋

喜色茫茫

那里

我曾邂逅

一位好姑娘

她美丽的心灵

是否会痴痴地

把我想

她一手拿书卷

一手对春草

拔而助长

她的小眼睛

又黑又亮

今天

我的思念

要把南向的列车

追上

像明信片一样

送到半岛尽头

送到她的身旁

弟弟

序：弟弟新美益吉前往知多半岛西海岸的小村小玲谷
当学徒，见照片感怀

弟弟不是突发奇想

拍摄照片一十六张

寄回家

父、母、哥哥一齐欣赏

灯下

飞着几只小虫儿

我们仨像虫儿一样趋光：

这座小房就是

你的修炼场？

如果面向大海

视野该多宽广

防波堤前

会不会让船歇桨

天空中

好像有海鸥在飞翔

弟弟呀，你的技术

我没法赞扬

有的照片

分不清——

海、滩、堤

辨不明——

船、店、房

照片总计一十六张

连编成册

我们欣赏：

清苦的小店

清苦的小村庄

背靠大海

贩卖调味

那可是

苦差一桩

夜风咸凉

你定要

把感冒预防

把身体保养

小时候照顾你的家兄

远在故乡

我祈祷

春天来到日本

把你这个小村

最先造访

冬

心在路上

天寒地冻

不敢走远

阳光可怜巴巴

没力气把人温暖

往日的哼唱

已成绝响

原野上

寒风呼啸

驰骋无疆

破旧的煤油灯

你的皮肤曾经光泽晶莹

如今皲裂灰黑让人同情

可怜你 挂在墙上

不再统帅这斗室的夜景

没有你

室内的一切

还能为人所用：

丝绸绒缎图书桌凳

地图烟斗罐罐瓶瓶

并未消失在人们的视野中

只是，没有你

墙壁上不再上演

生动的手影：

狐狸与兔子

到底谁聪明

孤独的旅人

喜欢远行？

魔术师翻云覆雨

掩盖不住

王子与公主

那场恋情

孩子们不在你身边

甩扑克

老人们也不围着你

讲那过去的事情

破旧的煤油灯

皲裂呀一定非常疼痛

你已经忘记年轻时的旧梦

没有灯油润泽

你是否

欲哭无泪

欲悲无声

蛇

这条草径不是你开

你在那里摆弄

修长的身姿

可亲 可爱

想过去吗

好的

给你让路

蝶群

不止一只

率性而为

有想法

抛开这一朵

跳向另一枝

强风要来？

我咋没觉察

片假名的幻想——春

婴儿车

不好玩

小女孩往外跑

那弁庆绸的连衣裙

摆摆摇摇

我也跨出屋

小河已解冻

春风对我笑

小牛犊

拴在栅栏上

老实巴交

蔷薇色的小鼻子

湿润润

像个花苞

小女孩

往大树后面跑

树荫下一片花潮

我的眼睛被施了魔法

身体差点被花潮推倒

白蔷薇

蓝蔷薇

红蔷薇

黑蔷薇

我家附近这么奇妙

小牛犊

你伸着鼻子

在牛倌手里

把好吃的找

小女孩

你藏身的大树

好像爷爷

尽力挺着腰

日暮祥云飘

丢在屋里的婴儿车

车中《旧约》

封面金字

发暗了

月光下的节庆

月光下

小村庄

赶上节庆可真忙

走近看看是啥样

大鼓咚隆咚隆响

小鼓梆叩梆叩敲

夜将深

音未消

人欢畅

月光下

伸展着

明亮的街道上

商铺的影子

错落成行

旅人

享受这月光

不停脚

悠长的笛音

环绕在耳旁

脚下的街道

承载着故事

一桩桩

孤独的旅人

一步步

向前方

小鼓梆叩梆叩敲

鼓声

不能总随着旅人响

流转的笛音啊

旅行者

不能总是回头望

月光下的小村庄

节庆盛大

热闹非常

蜂

我和水井独处

和光无尘

没有倾听

耳畔却有光和声

澎——

井台上清水点点

　处处晶莹

那圆润的小水球边

停着一只蜂

它是否口渴得不行

它越过了遥远的距离

来自充满故事的国度

螃蟹——栗子——杵臼的近况

它都能说明

但是小小的身体

何必负重

蜜蜂和光远去

又剩下我和水井

白昼无故事

我靠什么来怡情

月亮

月光

在贫穷的小村里

散发着

桂花般的香味

贫穷的小村

碾好的麦子

薄粥

都在飘香

孩子饱吸着香味

他的自来卷

如同麻袋片的丝线

孩子在油灯旁

肚子空了

他饱吸着香味

吸着　吸着

月亮好远

那香味

是近还是远

是浓还是淡

熊

静夜熊无眠

有声袭来

是天籁？是人喊？

那声音

好远 好远

久违的

觉醒

迅速的

翻转

月光冷

铁围栏

如冰寒

侧耳细听

阿伊努人在天边

故乡

那些天敌

让熊留恋

落叶松林

自在柔软

仰天咆哮

传得好远

回响

连绵

蝴蝶（两首）

其一

蝴蝶画出白色流线

把鲜花与香草捆扎

一把把　一片片

送给广袤山野

美如画

其二

春日里

一切安好

一只蝴蝶

读懂了

我的寂寞

从我身后飞过

墓志铭

这块石碑相貌平平

从这里飞过的鸟儿

可否暂停

歇歇翅膀

听我把

你们的伙伴为何长眠于此

慢慢说清

他生而为人形

却总如鸟儿一样

在内心悲鸣

为人之躯壳

他悔怨一生

他不爱熙攘人丛

爱在树下听你们发声

他不爱人类的饶舌与欺诈

喜爱你们那

充满喜乐的直诉衷情

他厌恶人类的隔膜与丑陋

他愿意

像鸟儿一样

因信赖和单纯而安宁

鸟儿非人类

人又岂能与鸟儿相同

他生而为人形

心不生怒与怨

他深知

伤害同类属于恶行

他没有那份难堪的英勇

他深感

与天斗争

与人竞争

是一种顽症

就这样

他貌似懦夫

寸步难行

他在易碎的心中

点燃了一盏

浪漫的蓝色小灯

他奔向

别人眼里的无边苦海

他坚信

世外桃源在他心中

逃亡的过客哟

敌不过

追袭的阵阵冷风

冷风与他争抢

　　威胁

他心中的希望之灯

命悬一线

何去何从

他化悲悯为镇定

轻轻熄灭

那蓝色小灯

终结他自己的

短暂生命

鸟儿们

他真想

成为你们的良伴佳朋

哪怕随时

可能被气枪击中

他总是呆呆地想

笨拙的双手

为何不能

如同你们的翅膀一样

拥抱天空

鸟儿们

请在这里

时常停一停

为长眠于此的伙伴

跳舞

歌咏

墓志铭

墓志铭

他不能用鸟语

只能以人言书写

为此

他还在遗憾不停

老虎来了

伯母家的人

都在锵锵啥

前山老虎要来啦

躲在哪 躲在哪

都进壁橱太小啦

没办法 没办法

挤挤吧　挤挤吧——

大家刚藏好

想起水井忘了盖

谁能去一下

井盖刚盖好

不知谁

在灶台上

点燃一支蜡

前山竹叶沙沙沙

有人

上下牙直打架

伯母很镇定：

过路行人多

你们别害怕

大家纷纷把话搭：

老虎到底会不会把山下

肯定来

要不咱躲起来为了啥

话音还未落

大门拉开啦

小女儿的榻榻米上

突然有道阳光洒

大家好像没了魂

挤的挤　爬的爬

一阵惊慌乱如麻

小女儿——去年刚出嫁

只听"啪嗒"一声响

有把梳子

掉在地下

金鱼

世事无常　此生难料

你和

你那狭小的世界

转瞬之间

一切颠倒

你翻白朝上

我吃惊不小

哎

我痛定思痛

觉得你命运不好

你的爱侣来到

你俩盘旋缠绕

她近乎癫狂

觉得你尾鳍附近

美味不少

逐尾甚欢

但好像啥也没吃着

她不知满足

把你的尾鳍咬

夜色已浓

我起身

再把鱼缸瞧

鱼食尚有

你却命丧魂销

那极乐世界

也有鱼儿报到

不用再转圈碰壁

不用再鼓腮求饶

我以肥皂盒盖

把你捞

你情知将死

不用入殓师操劳

尾

鳍

无存

不整容也好

你状如

麻雀之小崽儿

被放进沟中

魂魄远邀

梨

哗啦哗啦

水在河床流

骨碌骨碌

梨在河床滚

梨啊梨

你老家在哪

吉泽梨园

还是上游今村的梨树林

我猜你厌倦了

螟虫驱除剂

在哗啦啦的小河旁

一弯腰

纵身跳下

秋已至

凉哇哇

上善若小河

你圆鼓轮墩

滚天下

百川归大海

何时能到达

若遇月圆秋之夜

可以停下赏光华

露珠闪闪亮

秋虫在草间说着悄悄话

附近的小村响太鼓

庆丰收的人儿

还没回家

若遇白云两三朵

云、影、梨

你们三个同行吧

篱笆墙

四月好春光

小小篱笆墙

好像

一队孩儿穿正装

墙中嫩竹

未到齐腰长

我从墙边过

来把春光赏

竹叶形状美

柔软又非常

好像

孩儿耳朵的模样

以手拉竹叶

嫩竹嘻嘻笑

蝴蝶无处藏

扇翅高飞去

蓝天留畅想

枇杷花开

联欢会开始啦

快去找

枇杷花

向阳处的

枇杷花

看她都准备了啥

看看有谁来参加

小小枇杷花

联欢会围着她

小蜜蜂

来参加

参加者

都笑哈哈

小小枇杷花

春风微微

环绕着她

花瓣花蕊

吸饱了水

鼓溜溜的

开放啦

春光与春风

使劲把鼓打

鸡

鸡模人样

派头很靓

日上三竿

歪着脑袋

看着太阳

日影西斜

午后视察

得意扬扬

那职场上

磨洋工的人

和你有点像

球根

球根球根

圆鼓轮墩

谁在里面栖身

球根球根

你紧抱花芽

像个母亲

我好像听到

你孩子的呼吸之音

球根球根

谁在里面睡昏昏

莫非

温暖的春天来到

她才肯现身

光

是什么照耀田地

把黑土翻耕

是什么穿越城市

温暖马市上的生灵

是什么透过小窗

让纺车转个不停

是什么冲进黑暗

让矿钻开采金铜

是光 带着热

沐浴光热

人神显灵气

各得其所

线香花火

篱笆墙下

沉着

线香花火

昨晚

我约他

在这里

点燃——同乐

夜半雨涟涟

地上

墙上

渗入了

颜色

这颜色

怎么也不及昨夜

上学路上

不忍看

香灰的颜色

昨晚

不知不觉

篱笆墙上

开了

茱萸

几朵

明天

万事俱备

只缺少

明天的太阳

花园般静谧

狂欢节

开始前的现场

生嫩芽的小草

换新装的瓢虫

慢腾腾的黄牛

今夜安睡吧

明天

再把生命力张扬

明天

蚕蛹化蝶

花蕾绽放

小鸡出壳

明天

一切都会变样

生命力

如喷薄的泉水

如崭新的油灯

闪闪发亮

苹果

摸摸　捏捏

谁想到你笑个没完

天赐的尤物

光溜溜

水灵灵

翻转在我的手指间

迎着太阳看

光光闪闪

闲情偶寄

兴之所至

买上一个

美事一件

可喜可贺

苹果

普通的树

普通的果

生活恬静

但充满快乐

咯咯咯

你笑个没完

小小摇车

小乖宝　你好烦

小小摇车一尺宽

不给戴山茶花

你不干

万般无奈

我把你往远搬

屋子里面画圈圈

推你到门口

看壁龛

小乖宝　心眼多

我又哄又逗

你不合眼

小小摇车想让你睡

歇歇轮子你不干

小乖宝　你真烦

来点速度

看你干不干

摇啊摇　转啊转

小小摇车

咋成了秋千

小乖宝　眨眨眼

大眼睛越眨越慢

摇车推到阴凉地

你的呼吸

轻松又柔软

小乖宝　呼呼睡

给你加条小毛毯

火柴寄语

白雪挡不住

黑色的夜幕

一无所有

卖火柴的小女孩

在一扇窗根下

哆哆嗦嗦

只为取暖

她把火柴划

一根火柴

墙上轻擦

燃——灭

几秒的光华

小女孩看到了

世间的

温暖 善意 不匮乏

再划一根吧

那几秒的光华

燃——灭

她眼前

竟然是

又一幅

亮丽的美图画

无家的小女孩

一根一根地划

每次

冰天雪地都裂开

不同的

温暖的

缝隙

供她欣赏：

短暂的

美丽的

世界

即便如此

她的心里

她的脸上

都乐开了花

我们

这些诗人

苦吟不断

出新作

就好比贫穷

的小女孩

把火柴划

一首诗歌

展现着

温暖　善意　不匮乏

下一首呢

继续把

多彩的世界

来描画

火柴短小

光明有限

诗作不长

情趣悠远

就这样

我们一次次

瞥见

那美丽

快乐的世界

春天的童话

春天已至

神灵

张开手掌

放飞黄莺

把万物点化

黄莺飞往乡村

由近及远

为万物

歌唱

第一曲

歌唱松林的喜悦

松林得意洋洋

不作声响

接下来

歌唱小池的忧伤

小池心存感激

不作声响

歌唱堤坝上

春草的不平

春草了无新意的

沉默生长

白云特立独行

黄莺歌唱她的寂寞

白云一声叹息

沉默无语

小溪偏僻乖张

黄莺歌唱她哗啦啦的声响

小溪感觉意外反常

沉吟半晌

黄莺还在歌唱

歌唱老牛和百姓

质朴的愿望

老牛和百姓停下来

张望

老屋歪歪斜斜

自己把

陈年的忧愁品尝

黄莺为老屋歌唱

老屋不再回身

把谢意

囤积贮藏

美丽的泉水

叮咚响

诉说着

自己的愿望

黄莺为清泉歌唱

清泉益发甜美

但不事张扬

不知飞了多久

黄莺筋疲力尽

有人误以为

她在追赶

西斜的太阳

夜幕降临

黄莺在丛林中

隐身而去

神灵张开另只手掌

月儿挂在天上

雀宝出壳记

雀宝雀宝

蜷在小小蛋壳中

277

两足而羽

可爱的生灵

似睡非睡

将醒未醒

考验着蛋壳外的耐性

悠悠晴空

等待着她的歌声

树梢的空气

略显凝重

屋檐下悬挂的麦穗

列队把她欢迎

花田呼唤着她

百花会比双亲

对雀宝更纵容

生命之光无处不在

神灵也在把雀宝等

雀宝雀宝

啥时候才醒

啪的一声

黄色小嘴

破了壳

雀妈妈

离开产床

有重要消息

四处声张

鸣虫——仿法国作家勒纳尔散文诗而作

你在何处鸣叫？

我寻声暗问

你拒绝回答

我要见你的真面目

你却要保持距离

这是为啥

我已走近

你的声音

却在更远处开花

三番五次

你这是把我耍

我手握小草棍

在花丛中

东挪西挖

夜读——夜话

不露面的你

可曾在我的

昆虫学书上

把自己夸

但闻其声

不见其虫

你也有点太狡猾

好比身怀绝技的

老乐手

纵然是童心

爱乐向学

百般恳求

你也不肯

把管乐吹

把弦乐拉

雨夹雪

油渣去净

灯罩擦亮

新油满装

那是自然的精华

也是炼油师的独匠

轻动小剪

让油芯

笔直向上

灯花闪闪

点点磷光

旧灯新油

这个办法强

煤油灯

开出彩花

花下

写诗的白纸一张张

你听

雨夹雪

徐徐往下降

枯山受了

滋润

新生

新光芒

小星星

在寂寞的角落里

发着寂寞的微光

他只是一颗小星

不如月亮多情

不如金星魔幻

不如太阳雄壮

他只是一颗小星

如同

花店里下落的

一片木槿

如同

小女孩划亮的

一根火柴

如同

逃离顽童小手

躲在草叶后的

萤火虫

入夜

星星家族的成员

在各自

无声而广阔

的世界里

歌唱

歌唱

遥远的太古代

歌唱

广袤的森林

幽深的海洋

歌唱

冲天的大火

壮阔的战场

还有

一切激动人心的碰撞

小星星

也在歌唱

歌唱

孩子的甜点和游戏

歌唱

小昆虫的触角和翅膀

小星星

有点咳嗽

咳几声

断断续续

他的唱腔

只是——

雾锁烟迷的

深夜

狂风呼啸的

晚上

小星星

去哪里躲藏

不必挂念

不必牵肠

风平浪静

一切自会妥当

当空照明月

不夜街上

数不清的

大橱窗

他

悄悄收敛

自身的光芒

躲在树梢

小小的枝桠上

眨着小小的眼睛

把周边的世界

悄悄打量

谁说他

已经不在

谁说他

暗淡无光

火车

我在

田间劳作

列车

呼啸而过

车窗里

探出年轻的笑脸

上面写着

修学旅行的快乐

记得当时

我也

呼朋引伴

置身于

那朴素的铁笼中

一路欢声笑语

去拜伊势神宫

神灵

神灵啊神灵

带着灵秀之气

不可触摸

无处寻觅

她在某处微笑

略显调皮

捉迷藏

她偷偷跑到树荫底

抓小鬼

她远远招手向着你

她乘风而来

不肯远去

在树梢上

烁烁发光

在花蕾中

微微叹息

神灵啊神灵

我还在寻觅

路

静静地

沿篱笆前进

与田埂平行

与水沟结伴

遇下坡

不紧不慢

遇山丘

随高就低

穿过密林与树丛

跨过小河与水渠

为跳绳的孩子加油

看牛儿疏懒地休息

黄鼠狼横穿而过

他毫不畏惧

晚霞已在远方隐去

他毫不停歇

既不会到此为止

也不会把自我失迷

永远向前延伸

永远凝聚人气

如破旧的鞋子一样难过

我的心破了

犹如我的鞋子

少年时的忧伤

犹如湛蓝的调色板

如今

一切已枯萎干涩

只留下难过的创口

今晚

又是冻雨四溅

水流成河

抱着

破碎的心

穿着

破旧的鞋子

我在缺少光明的街道

徘徊

万物不为怜悯而生

但鞋子还是忍不住

和我的心

一道

泣不成声

失魂落魄

乌鸦

乌鸦 乌鸦 告诉我

你那不起眼的翅膀

为何总是不停歇

山那么高 你还要过

山那边到底有什么

狗尾草儿左右摆

合欢树啊很快活

山那边

要有落花生

别忘带点儿

送给我

飞吧乌鸦

不要停歇

水车

阔筒　阔筒　水车在响

咽啰　咽啰　蟋蟀在叫

阔筒　阔筒　水车在响

爷爷干活

为何不分

白天黑夜

阔筒 阔筒 水车在响

我趴在窗台上

看月亮

等爷爷

这家没有人

这家没有人

主人去了哪

大丽花

红得像火

无精打采

把脑袋耷

母猫母猫

你叫啥

主人不在

你要上房揭瓦

爬上窗框

看着天

莫非你

在思念那个"他"

烟囱不冒烟

只见月亮往上爬

冻雨

冻雨淋湿了

整个村庄

北方的云

297

如同狼牙

闪着寒光

旷野里的风

手执利刃

左冲右撞

日暮夕阳远

天国里

我的祖辈

在擦抹

西方地平线上

那盏红色的

大油灯

柑橘地里

柑橘地里

乐趣无限

清香扑鼻

白花泛滥

有根围栏断

哪个淘气包

随便往里钻

秋天柑橘才会甜

现在进去为哪般

草鞋落一只

我才不会帮你捡

小牛犊儿

小牛犊儿

和太阳作伴

四条小细腿

尽情伸展

小蹄子

踏着

细嫩的

绿地毯

美好的季节

昼长夜短

没有伙伴

就自我欣赏

大半天

一对蓝眼睛

凝视着

美丽的牡丹

小黑鼻儿

吸着花香

多么贪婪

日暮青山远

多了影子

在身边

天空上

出现

新月一弯

晨光里的校园

入学

新生

列队

齐整

老师

抬头看看

发新芽的

法国梧桐

走进教室

严肃从容

淘气的女孩

探头向窗外看

足球

孤零零

成岩小村即景

土墙绵延

农舍成行

蝴蝶双双

春梅点点

春姑娘已来

把这朴素的

小村庄

细心打扮

灯亮了

入夜　灯亮了

小小的玩具店

留下浅黄的

一扇窗

高高的公寓楼

窗子一排排

通亮

静静的十字路口

一盏街灯

独自守望

巍巍的瞭望塔

亮着眼睛

看远方

那遥远的火星哟

也闪着点点灯光

报春花

报春花开了

经过它身边的风儿

高兴得

闪闪发亮

鲫鱼

刚才

噗的一声响

美丽的菱花开了吗

不

调皮的鲫鱼

在换气

一吸一张

初夏抒情

浅黄的麦浪

翻腾流转

仓房的白墙

耀眼明亮

你呀，想不想找回

少年的时光

摘下垂头丧气的

呢子礼帽吧

砍一截新鲜麦秆

作成短笛

走上田间小路

奏一曲年轻的乐章

秋日抒情

蜜蜂嗡嗡嗡

为何发怒？有何伤痛？

干草的香味

流入我的心中

孩子们以豆叶

为哨 一声声

秋阳如酒醇红

蜜蜂啊蜜蜂

这么和美的白天

无冠一怒

为了哪宗？

夕阳西下

蜜蜂不见了踪影

淡雪

淡雪飘飘

轻轻抚摸着

大府车站的

枸橘围篱

北来的火车

一列 一列

不愿停留

匆匆而去

我独自

看着人流

思念着你

淡雪飘飘

不停歇

明天立春到

注：大府位于日本爱知县，距作者的家乡半田市不远。

麻雀

三两只小麻雀

带着一身

薄薄的羽毛

如同落叶

降在小院

向阳处

饥不择食

小嘴乱叨

落叶在舞

她们在飘

列车

从北国驶来

天作的长链

一列雄壮的车皮

载着威武的白净圆木

　和高傲的半米白雪

木香刺鼻诱人

寒气入骨难耐

我们

仰望

白雪覆盖的高山

收听

伐木工奏响的音乐

吐着浓白的蒸汽

拉起尖尖的汽笛

不肯在小镇久留的牵引机车

你是不是

觉得

我们

生活缓慢

位置偏远

再见列车

列车再见

愿你

载着高傲的白雪

唱着刺耳的高调

裹着浓厚的木香

向南 向南

把那疲劳的山野

刺穿

无题（树梢尖尖）

树梢尖尖 月儿圆圆

幽幽菜畦 袅袅轻烟

似水非水 似泉非泉

小小农舍 油灯耀眼

菜畦农舍 一体浑然

胜似华丽庄园

幸福

闯过了冰雹箭雨

淋湿的大脑

还能构思童话吗

僵直的双手

还能动笔写诗吗

天空上的星星

好像破涕为笑的

孩子的眼睛

僵直的双手

去温水中寻找诗情

一股暖流

十指如莲花般展开

如果我是一只蝈蝈

这时候

也会"咽咽"地歌唱

下课铃响了

下课铃声

牵动着孩子们的心

高矮胖瘦

背起书包

汇入人群

小个的同学

抓起帽子

拎着书包

高举双手

向前飞奔

好像在追赶

即将启动的车轮

孩子们

要归向何处？

茫茫人海——

谁能

拥抱他们的灵魂

谁能

安慰他们孤独的心

每天早晨

我都在

延长

昨日的疲劳

续写

忧伤的青春

谁说

一日之计在于晨

不过

孩子们真的日日新

如今

教室里已没有足音

余下

呆呆的我一个人

缺少了小鸟的环绕

良木怎么能生存

春风

序：母亲离去整整二十载，家兄幼年夭折，春日感怀。

妈妈

我站在家门口

寻找春天的面影

您的面影

不约而至

您的面影

伴随着婴儿车

和春天一起来了

尘埃点点

春风微微

您推着

刚离开襁褓的哥哥

从对面走来了

妈妈

您住的地方

善良的菩萨

巨大的莲花

哎

您还是那样

朴素　无华

憔悴　瘦削

您身着

手工的木棉布

您手里的婴儿车

老式的藤车

带着春的味道

——咕噜咕噜

好像另一个世界传来

小鸟的鸣叫

妈妈

——您要去哪里

——我要去看医生

您不多说话

也不笑

推着哥哥

继续走了

他的和服

不带肩褶

哥哥还小

在藤车里

挥手挥脚

门前的桃花

花蕾还小

哥哥他

很想要

妈妈呀

您能不能

在桃树下

停停脚

妈妈

早春的白昼

我站在家门口

终于把

推着婴儿车的您

等到

您随春风而来

　　随春风而去

注：肩褶是日本和服内衬的一个部分，可以随意伸缩。

不带肩褶，说明孩子还没长大。

小鹿

你这不扎领结的

长脖小绅士

一大早

风度翩翩　尾随人后

鼻子不停地嗅　莫非

春天的嫩叶还不可口？

我的目光与你相遇：

两股温柔的清泉

各自镶着

一颗明亮的黑宝石

可爱的小绅士

鹿角飒爽　四足修美

随时可以　迎着春风

跳跃飞跑

四月的早晨

田野里满是

即将苏醒的紫云英

云雀腾空而起

飞向

沉沉的斜月

东方露出鱼肚白

月夜的故事

汽车追赶着月亮

狐狸掀弄着树林

猎枪已不在墙上

远处飘来煤油灯的芳香

新竹

新竹新竹

新生之竹

晨风乍起

平地跃起一位绿衣仙女

她身材修长　摇曳多姿

　秀发飘飘　还在生长

雨中小青蛙——仿法国作家勒纳尔散文诗而作

雨打着我的帽檐

滴滴答答

雨打着什么？

在我身后

噼噼啪啪

莫非有大帽男生

在我身后观察

回头不见人

只见大叶绿芭蕉

上停一只小青蛙

它穿绿衣

不戴帽

生怕别人认不出

芭蕉叶上呱呱叫

栖身之所

绕过新竹丛

小路的尽头

跃出了小房

铁边框

毛玻璃

小小的拉门

小小的窗

历尽三春留人气

小坛当中堇菜香

啊，栖身之所

啊，夜、苦、写作的纸张

能栖身何必多想

如无名旅客一样

在这里静静地过

静静地走向未知的远方

过家家要收场

毁掉吧

咱们俩

在小丘上

建的新房

——居室

——阳台

——厨房

统统毁掉

曾经是

多么宽阔

多么华美

多么向阳

咱俩的座椅

喂给炉灶燃烧

咱俩的睡床

扔向大海茫茫

咱俩种的花卉

连根拔起

咱俩养的小鸟

开笼飞翔

咱俩的孩子

让他在森林里哭泣

任他在大街上游荡

他的名字

那小巧可人的名字

不再算数

咱俩描绘的一切

恢复成白纸一张

最后

还有小灯一盏

总是明亮在

咱俩的心上

用四只小手

围住小灯

慢慢吹熄

慢慢灭光

冬天最后的黄昏

冬天最后的黄昏

我独坐南窗

听鹟鹩讲故事

读童话《白海豹》

光线渐暗

小小的文字退去

我从辽阔的北海

返回斗室

窗外

光秃秃的树梢

红红火火

晚云在燃烧

春天的太阳

将在明天升起

我贫穷的生活

也像日历一样

不断翻新

牛

丑牛负重　天长日久

足短胃大　低眉垂首

直视地面　踏过春秋

目静如水　车辙成沟

轮声碾碾　双耳尽收

丑牛负重　何其不易

左右晃头　只为加力

从不停歇　跨坎过沟

丑牛负重　何其不易

默默反刍　鼾鼾齁齁

注：译文中的"丑牛"为双关语：牛相貌平凡；"丑牛"

在十二生肖中排行第二。

冬

树木蜷缩着

好似无衣无被的老人

道路的脊背

留下白花花的冻疮

小河的河床

被剥夺得一无所有

只剩下不死鸟的骸骨

还有茶碗的碎片

冷风嗖嗖

缠裹着

我蛰居的城市

咬啮着

手套里的指尖

哎，我的心

也到了冬天

初冬

一棵树

向阳背风处

挂满冷美的霜花

万物肃杀

树的祭日到了

太阳远远地送上

一缕薄光

蜜蜂嗡嗡地

唱起哀歌

寒风呼呼地

奏响乐曲

茫然的我

是最后一位来客

蜻蜓

我麦秆般长短

　麦秆般木讷

你飞过来

飞过去

把我和麦秆

弄混了吧

蜻蜓兄弟

你怎么不打招呼

就停在我的肩头

窗外

推开窗子

和风拂面　阳光灿烂

春意乘风而来

推开窗子

远方的孩子　欢声笑语

春意随声而至

推开窗子

天幕垂帘　亮如琥珀

我愿融化其间

无题（牛眼）

一湾浅蓝的海洋

是你朴实的瞳孔

收尽大小万物

一阵清香飘来

还带着美丽的光环

你轻松地动动鼻子

寻找午餐

初夏

小河不再害羞

嘹亮地唱起歌

广袤的田野上

蛙声从不恼人

此起彼伏

小小的水鳖子

洗澡洗个没完

大家都喜欢

凉爽的夏天

甜美的回忆

再次来到眼前

夜里

任凭萤火虫

上下飞舞

黄昏

小小顽童

游戏时空　从容百变

掘地葬花　兴尽归家

花无踪影人远去

空留余香在眼前

秋风赞

星空闪闪

海潮声声

秋风扫过

从北向南

金色的草丛

萤光点点

月夜

月夜无眠

听——

那地炉里

千莺百啭

月夜无眠

看——

小窗外

沙洲在

孕育露珠

月夜无眠

吹——

一曲口哨

万籁无声

贝壳

忧伤的贝壳

唱起歌来

严丝合缝

默默地发声

自如地换气

谁也听不到那歌声

那歌声随风远去

留徒然的忧伤

给海边的空气

忧伤的时候

唱支歌吧

至少可以

温暖自己

朝阳

朝阳

送她修长的影子

到我脚边

晨风微微

吹动了她的长发

长发飘飘

打乱了我的脚步

美丽的影子哦

我望而却步

痴心切切

凝望着

那镶金边的露珠

蜜蜂

菜园不是聊天室

蜜蜂

我那善良的

怪腔怪调的

好兄弟

在我耳畔

忽高忽低

飞旋盘绕

见我不需要

他的耳提面命

寻开花的青葱

驻足小憩

鸡崽儿

鸡崽儿君

你出壳不久 要把妈妈模仿？

暂离牢笼

你要品尝

自由和宽广？

振翅良久

飞不到妈妈的背上

摔个屁墩

还不忘把小脑袋高扬

诗人

黑暗中有一线光明

光明中有缕缕诗情

诗情中有我的人生

我的人生中有寂和空

我——

一介空寂的诗工

我——

一介愚夫

用秃笔在草纸上

不断书写

太阳与地球间的

死死生生

愚夫何其多

日本的西行、良宽、芭蕉都在其中

西洋的米莱、柯罗与我同行

他们沉湎于艺术

西行、芭蕉独来独往

良宽被世人笑作无能

米莱、柯罗身处险境

他们绝艺在身

足以光照汗青

他们无暇自爱

整日奔忙不停

艺术有价吗

艺术到底

是苦药 还是冰糖

我无暇彷徨

也无暇考量

继续在天地间

寻找诗情的丝缕

我——

就是一介诗工

螽斯

螽斯螽斯　斯虫甚妙

夏如绿草　鲜活灵巧

秋风扫地　螽斯不见

色变土黄　身躯枯槁

适者生存　环境至高

螽斯螽斯　鲜活事例

致知之学　何其无聊

注：螽斯是蝈蝈的学名，读者可参考《诗经·周南·螽斯》。

合唱

穿上新制服

立等新演出

女孩的合唱队

缓缓摇摆

犹如天幕上的流苏

歌声婉转

云雀飞起

槿花落下

女孩的歌声

胜过任何

天籁之音

越过小河

远方的白母牛

异样地驻足

我心花怒放

好想置身于

她们中央

女孩的歌声

流过我的胸前

她们再展歌喉

春天又来了

寂木

寂木难成林

沐浴在冬阳中
寂木伸着枝条
宛如龙钟老人
斑驳的肉臂
无花、无叶

一日
我忙里偷闲
访问了寂木
轻抚那枝条
有温暖、有热度

抬头望

远方飘来

洁白的云朵

小小雏菊开

小小的向阳坡

好像巨人国的单人床

坡上的菜畦

好像绿色的榻榻米

菜畦边上

盛开了一朵小小的雏菊！

小蜂儿来祝贺

微风儿来道喜

菜畦里热闹非凡

环光宝气

这是自然与农人

小小的杰作

我悄悄地观赏

默默地走过

五月的太阳

五月的太阳

如此慷慨

借金衣给

没有盛装的雀儿

五月的星空

五月的星空

多变无常

洒下苹果酒泡沫

让青蛙歌手润润嗓

钢笔趼子

笔耕经年，中指生茧。

何所获？何所感？

厚积童话与诗篇，

不值半双鞋，

换不得小桌板。

累坏了钢笔，虚度了时间。

以刃去茧，一切复原！

鲸鱼的故事

遥远的小岛

贫穷的小村

普通的早晨

捕鲸的人们……

鲸须为响笛

吹遍全日本

鲸肉多味美

家家餐桌分

鲸油滋滋响

照亮人的心

鲸鱼故事多

传遍列岛人

病愈的日子

脚终于踩到了地上

周边一切都太耀眼

我用瘦弱的脸

去迎接每个人的目光

新买的帽子害羞了

歪戴在我的头上

我溜进校门

乌桕树上

一片春光

手影

小小的房间里

上演着手影

母子在演出

油灯来照明

小手与大手

合、分、转、拧

小鸟狐狸壁上成

风在吹 壁炉鸣

月隐去 影无踪

只余下 母与子

待天明

寻常的幸福

拉门掩不住奋发的热情

少年的美声

花一样的年龄

——Winter is over

Spring has come（冬去春来）

拉门掩不住明亮的灯光

黄澄澄

暖融融

——Spring has come

Flowers are out（春暖花开）

拉门掩住了寒风

阿妈烧好洗澡水

阿妹默默把衣服缝

——Flowers are out

Flowers are out（花开如锦）

拉门掩住了黑夜

老屋顶上杂草生

老屋顶上一颗星

好似一円硬币悬苍穹

寻常百姓

寻常幸福

感谢神灵

神灵啊　神灵

那颗星是你

在杰作上的落款吗？

温柔乡

每个妈妈是一个世界

每个世界都有温柔乡

每个妈妈都有

温暖的怀抱

坚实的后背

后背睡着她们的婴孩

天赐的宝贝

妈妈东跑西颠

走南闯北

她们的婴孩

从来不遭罪

只管呼呼睡

孩子们的温柔乡

妈妈们的后背

红狐狸

深蓝的天

黛色的山

金黄的月

宁静的夜

红狐狸不识闲

嗷嗷不断叫个啥

人类喜欢的烟草

她也想沾一沾

带点烟草去进山

红狐狸很不满

缺少清酒有点馋

带点清酒去进山

红狐狸无笑脸

没有芥末不够味

她

是不是有点

招人烦

带上种子岛的火枪

发射！

—溜儿烟——

纸鸢

桑田上空飞纸鸢

断线！

断线纸鸢飞远山

我和弟弟去追赶

贴身小褂甩一边

追啊追

追到日暮也不见

眼前红霞一片

有云的日子

今晨

没法和影子一起玩耍

不能跟上那个女孩的步伐

听着早操进行曲有些犯傻

我额头很烫

快看

迷路的小狗

在空地上

寻找自己的影子

小伙伴生分了

生分了，邻家小弟

走入自家院落

在门口吹起海螺

逍遥自在

我无计可施

退回心灵的玄关

以诗为乐

以诗为伴

葬礼

榆林阴阴

夕阳沉沉

小唢呐、小画书

投入了

一个孩子

小小的、苍白的家

小小的墓冢旁

野蔷薇　星星点点

小小的名字

横着刻在

来者的心上

小小的十字架

威严站立

来者祷告：

小鸟一定常来光顾

阳光一定常来播撒

这里

一个乖孩子

永远睡着了

童年的小褂

童年的小褂

亲切的小褂

像妈妈一样

从背后

包裹着小小的我

柔柔软软

温温暖暖

童年的小褂

时而

从背后掀起

翻转成网兜

包住我的小脑袋

就算她像妈妈

我不能和她开玩笑吗？

亲切的小褂

如影随形　不离不弃

为何

我絮絮叨叨

说个没玩

我曾经把她

揉成一团　放在河边

高悬木枝　不问不管

抛向高空　如棒球一般

丢在某处　不止一天

亲切的小褂

童年的小褂

我的心

已寒到极点

为何不能再把你

穿一穿？

秋阳

我喜欢

独享秋阳

秋阳穿过

小小的窗

慢慢停在

静静的小房

椅子挺直后背

和我共享秋阳

去年的外套

妈妈

枯草在寒风中

瑟瑟发抖

我在寒风中

问候您老：

请寄来外套

去年的就好

新的不必要

妈妈

求学的我深深知道

学生要心怀锦绣

就算衣着寒碜

也不羞不恼

莫非我是病牛转世

总觉得忧伤疲劳

我命里注定

离不开那

褪色破旧

老牛皮般的外套

妈妈

我穿上去年的旧外套

不和貌美如花的女子恋爱

不在繁华的银座过市招摇

我只想把自己与寒风区隔

去那寂静无人处

找棵孤独的树来依靠

我像上了年纪的母牛

静静反刍人生的养料

自疗伤痛 减轻疲劳

妈妈

请寄来外套

去年的就好

破洞可缝补

纽扣可钉牢

那暖心的外套

有了她

我在东京

一切都好

妈妈的歌

妈妈的歌　亲子之歌

驱散了雪夜里寂寞

妈妈的歌　孩儿的睡前歌

歌声中做好了

小衣和小鞋

喃喃细语　句句如歌

环绕着孩儿床

孩儿像雏鹰

长大了飞向

海的另一侧

妈妈的歌　梦中的歌

驱散了雪夜里的寂寞

妈妈在孩儿房间

的旧椅子上

还在唱

少了孩儿

多了寂寞

鼠

你是我熟识的

梁上君子

灯尽人眠时

你从天而降

窸窸窣窣

绕过了

油盐酱醋

哧溜哧溜

奔向了

鸡卵蛋壳

智鼠千虑

必有一失

你没想到

这家的主人

神经衰弱

灯尽人不眠

只想着

生计与诗歌

东方既白

你可有收获

滚铁环

圆圆铁环　小路弯弯

搁铃搁铃　一直向前

忽高忽低　可快可慢

我看不见

徐徐下落的迎春花

撞不到

煤焦油涂着的旧墙板

突然来了个急转弯

歇歇气

摸摸电线杆

谁说他实心没灵感

春的声音

春的气息

靠他来传

堤坝上草青青

花斑竹丛

牛儿站

走出斗室

走出斗室

离开书房

看一看世界上的

热闹景象：

每个人都在经营

　　　　都在奔忙

西服店的样品

齐齐整整

蔬菜店里

好些箩筐

加工鲜鱼的小伙子

不嫌累　不怕脏

夜幕降临

每家店铺

都把灯亮

妻子做料理

孩儿在怀上

一家人

其乐融融

把晚餐分享

我也需要：

贫贱的营生

一小桩

妻子不必貌美

但是优雅端庄

孩儿愚鲁

单纯向上

若是我也忙起来

定把那无聊的文学

丢在一旁

我要勤勉经营

　　对妻爱护

　　对子慈祥

那时候

我的心啊

应该多么敞亮

小小玩家

小小玩家

多如青鳞鱼

搞活全世界

原野天地宽

游戏没的说

城市街道窄

照样把游戏做

玩起来

不分你和我

玩起来

笑声咯咯咯

注：青鳉鱼数量多，颜色鲜艳，有活力，雄鱼好斗。

梨花

老师来赏梨花

我们也跟着

红红的花蕊

在中间

白白的花瓣

包围着

春风吹

花瓣笑出声

老师赏梨花

我们也跟着

星球来客

东边星球来客

不慌不忙

把怀表拨

西边星球来客

划着火柴

把烟斗戳

南边星球来客

手握指北针

心里盘算着

北边星球来客

手提红色油灯

照亮另外三个

写给磨盘架的挽歌

春日的黄昏

竹丛阴凉地

古旧的磨盘架

日渐老去

春日的黄昏

开满紫云英的田野

褪成白茫茫的天地

古旧的磨盘架

日渐老去

老爷爷　老奶奶

去了天国

他们的伙伴见了上帝

古旧的磨盘架

日渐老去

方形罩灯已不在

绘本也没了踪迹

找不到零钱和纸币

古旧的磨盘架

日渐老去

古旧的生灵们啊

原本生活在一起

如今只余下

磨盘架孤立

他

心胸开阔

无所畏惧

任凭虫蛀侵袭

日渐老去

夜幕降临

星星如灯火

青蛙呱呱叫

磨盘架

日渐老去

他

不愿诉说悲情

就像

回归队伍

一样

默默老去

注：紫云英花下有白色茸毛，暮春时节，花落而远观成白色的一片。

鸣蝉

"咕咚"一声响

鸣蝉要雄起

明月静无息

鸣蝉破土去

合欢树下有根基

微微飘香气

花香土亦香

香气雾迷离

鸣蝉离了地

脱壳——

一出好戏

明月静无息

吱——吱——

穿破香气

声乍起

寻常百姓家

你听，平凡的小屋里

一只口琴 妙曲生花

琴声飞扬

路人驻足观察

是谁一丝不挂

在小澡堂里

冒充演奏家

透过毛玻璃

穿过热气层

只见

小小马灯墙上挂

灯下热气腾腾

口琴呕呕哑哑

啊

明白啦

小小淘气包

吹着口琴把澡擦

他调皮捣蛋

气坏爸和妈：

晚饭吃得肚皮鼓

却笑妈妈是傻瓜

昨日上身的新衬衫

今天已经挂了花

爸爸训斥严

小脸搁不下

黑灰炉灶旁

嬉皮笑脸找妈妈

赖来的零用钱

还给一半让妈妈花

他是全家第一小混蛋

他是全家第一小野马

他是讨狗嫌的幻想家

有了他

家里开了幸福花

平凡的茅草屋

寻常百姓乐哈哈

暮色已苍茫

你听，

小屋后门旁

阳荷在说话

她淡淡留香

希望路人关注她

再见　阳荷花

再见　这一家

参考书目

童庆炳．文学理论要略 [M]．北京：人民文学出版社，1995．

林一民．接受美学：精要与实践 [M]．南昌：江西人民出版社，2019．

王成骥，董春霖，蔡景昆．中国文学史名词解释 [M]．北京：中国展望出版社，1983．

课程教材研究所．语文（四年级 上）[Z]．北京：人民教育出版社，2004．

新美南吉．去年的树 [M]．周龙梅，彭懿，译．北京：北京日报出版社，2011．

夏目漱石．我是猫 [M]．于雷，译．北京：译林出版社，1993．

太安万侣.古事记 [M].周作人，译.北京：中国法制
　　出版社，2008.

紫式部.源氏物语 [M].丰子恺，译.北京：人民文学
　　出版社，1995.

佚名.平家物语 [M].王新禧，译.上海：上海译文出
　　版社，2011.

谭旭东.儿童诗歌精选 [M].北京：人民文学出版社，
　　2012.

邱永君.永君说生肖 [M].北京：商务印书馆，2014.

华宇清.金枝小果——外国历代著名短诗欣赏 [M].哈
　　尔滨：黑龙江人民出版社，1985.

谭旭东.儿童诗歌精选 [M].北京：人民文学出版社，
　　2012.

潘富俊.中国古典文学中的植物世界：草木情缘 [M].
　　北京：商务印书馆，2016.

刘利国．日本名文拔萃 [M]．大连：大连理工大学出版
　　社，1998.

严文井．严文井童话寓言集 [M]．北京：人民文学出版
　　社，1988.

西乡信纲．日本文学史 [M]．佩珊，译．北京：人民文
　　学出版社，1978.

关敬吾．日本民间故事选 [M]．上海：上海译文出版社，
　　1983.

梅原猛．世界中的日本宗教 [M]．卞立强、李力，译．成
　　都：四川人民出版社，2006.

池田龟鉴．平安朝的生活与文学 [M]．玖羽，译．成都：
　　四川人民出版社，2019.

泉镜花．高野圣僧 [M]．文洁若，译．重庆：重庆出版
　　集团，2009.

藤原定家．小仓百人一首 [M]．刘德润，译．北京：新
　　星出版社，2017.

卡尔维诺.意大利童话 [M].李帆，译.北京：译林出版社，2012.

佚名.列那狐的故事 [M].郑克鲁，译.上海：上海译文出版社，2014.

安徒生.安徒生童话 [M].叶君健，译.北京：少年儿童出版社，1986.

果戈里.钦差大臣 [M].黄成来、金留春，译.上海：上海译文出版社，2004.

莫泊桑.莫泊桑短篇小说精选 [M].赵少侯，译.北京：人民文学出版社，2011.

约瑟夫·拉达.黑猫历险记 [M].刘星灿，译.杭州：浙江文艺出版社，2018.

新美南吉.新美南吉童话集（1-5）[M].东京：ポプラ社，2013.

后　记

　　《东北师范大学日本诗歌翻译与研究丛书》已经完成第四本。去年春节，第二本收尾；今年立春，第四本杀青。故乡东北，母校东师，年年岁岁雪相似，岁岁年年文不同。著名表演艺术家王晓棠曾经用"永远向上向前"概括她的艺术人生。我想：这六个字也可以用来激励我们，为了自己热爱的学科长期奋斗。

　　没有最好，只有更好。学术研究、图书出版也是如此。诗歌翻译与研究作为一项事业，在路上。

　　我确实想给北原白秋、新美南吉、野口雨情这些著名作家编写年谱。我理解的年谱是《中国历史研究法补编》里提到的属于史学著作类型之一的"年谱"。按照梁任公的说法，最早的年谱，是北宋元丰七年

（1084 年）吕大防做的《韩愈年谱》《杜诗年谱》。

当年在南开大学听讲"史学理论入门"一类的课程，老先生领着我们刚入门的硕士研究生阅读《中国历史研究法》与《中国历史研究法补编》。作为读者，我非常喜欢梁任公的文章。因为对这部书印象深，所以总觉得编写年谱是一件超难的工作。好多冠以"年谱"二字的书籍都是厚达百余页。我心目中的"年谱"和日文书籍里的 3~5 页那种年谱大不相同。因此，就不敢动笔。

学问上的中外结合、文史结合不是一件容易的事情。诗歌可以译，而那短短数页日式年谱不可译。日式年谱有日式年谱的价值，不可全面否定，但是中国的学术要以中国传统为底色，梁任公树立的学术模板，更值得追随与尝试。更何况翻译简短的日式年谱收入书中，有敷衍塞责之嫌。更深层次的中外兼通、文史结合只有在以后的岁月中慢慢努力了。年谱，不能明知其不可为而为。

　　在两年前，我开始翻译南亚文学名作——尼泊尔长诗《慕娜马丹》，因为对于雪域高原的文化缺乏感性认识，只译到不足全诗四分之一就被迫搁笔。这部长诗在国内已经有两个译本，但是阅读和吸收南亚文学的营养，对于我深耕日本文学是大有裨益的。这两年，出于科研的需要，我也曾想过重译英国诗人哈代（1840—1928年）的作品。对于突出季节性，行数、字数有严格限制，和日本俳句有些相似的韩国"时调"，我也非常关心，觉得改革开放初期老一代翻译家译出得太少，读着不够解渴。量力而行是为正道，那些有意义、有价值的工作自有更多的年轻才俊迎难而上。国别研究需要做一些长期有效的甚至永不失效的研究题目。在社会科学领域，是否存在永不失效的研究课题呢？在大约40年前，中国史学界还在热烈讨论中国古代史封建社会的起止时间，明治维新到底是改革还是革命，这些问题现在也许没人关注了。或者说，长期有意义的学术题目不好找。不过，对于日本研究来说，俳句的翻译就是一个细水长流的学术领域，永远不是最热门，永远也绕不开去。鉴于俳句的特殊性，将来可能要推出第二本俳句翻译或者"译研结合"的专著。永远向前向上，推进学科与各项事业的进步，是我的初心。

回顾这五年多的时间，从摸索到积累，从开辟路径到取得一点成绩，都是各级领导关心的结果。感谢韩东育副校长、王占仁副校长，社会科学处的王春雨处长，日本研究所的陈秀武所长，他们一直在支持我、鼓励我，也提出了许多宝贵的意见，让我在前进中多了力量，明了方向。日本诗歌的翻译与研究是一项很艰难的事业，但这五年来，我从未感觉孤独。尚侠教授已在病中，他曾是东北师大中文系的一位才子。我在外国文学和中国文学方面的感悟有好多是受教于他。尚侠老师同时代的学者，如于长敏教授、刘春英老师也给了我不少启发。翻译家林少华教授在二十多年前就曾经给我以鼓励，令人永生难忘。

我们东北师大有深厚的日本文学研究基础，步入新时代以后，更应该继承传统，勇于创新。这套《东北师范大学日本诗歌翻译与研究丛书》，就算是我对前面几代老前辈的小小答卷吧。

辛丑年立春（2021 年 2 月 3 日）

写于故乡长春